ILLA DELS CAVALLERS
CABANA DELS ENSINISTRADORS
COVA
BOSC PETRIFICAT
PORT
FAR
MOLL

Cròniques del Regne de la Fantasia

6

Textos de Geronimo Stilton

Col·laboració editorial de Michela Monticelli
Coordinació editorial de Patrizia Puricelli
Editing de Daniela Finistauri *i* Viviana Donella
*Redacció i impaginació d'*Elàstico, Milà

Coordinació artística de Tommaso Valsecchi
Il·lustració de coberta de Iacopo Bruno
Il·lustracions internes de Danilo Barozzi
Guió de la novel·la gràfica de Tommaso Valsecchi
Il·lustracions de la novel·la gràfica de Stefano Turconi
Mapes de Carlotta Casalino
Grafisme de Michela Battaglin

*Idea original d'*Elisabetta Dami

www.cronacheregnofantasia.it

Títol original: *Il Segreto dei Cavalieri*
Traducció de Xavier Solsona Brillas

Peu de la Creu 4, 08001 Barcelona
www.estrellapolar.cat
info@estrellapolar.cat
www.geronimostilton.cat

Primera edició: gener del 2013
ISBN: 978-84-15697-50-3
Dipòsit legal: B. 31.565-2012
Fotocomposició: Víctor Igual, S.L.
Impressió i enquadernació: Egedsa

Imprès a Espanya – Printed in Spain

Geronimo Stilton

El Secret dels Cavallers

Estrella Polar

Personatges principals

OMBRÍVOL

Jove i coratjós elf dels Boscos que, a petició de la Reina de les Fades, decideix combatre el Poder Fosc de la Reina Negra i retornar la pau al Regne de la Fantasia.

SPICA

Orgullosa i tossuda elfa dels Boscos, és la legítima hereva al tron del Reialme dels Boscos.

RÈGULUS

Germà de Spica i millor amic d'Ombrívol. S'ofereix a acompanyar l'elf dels Boscos per lluitar al seu costat.

ROBÍNIA

Germana de Règulus i emprenedora elfa de les Estrelles, abandona la família per ajudar Ombrívol en la seva missió. Lluita amb un arc encantat.

LLUMÍ

Petit i simpàtic drac plomat del Reialme dels Boscos, company inseparable de Robínia.

ERIDÀ

Pare de Règulus i de Spica, és l'astrònom oficial de la cort del Reialme de les Estrelles.

CORTENAÇ

Un dels antics Cavallers de la Rosa, els valents defensors del Regne de la Fantasia, que ajuda Ombrívol en la seva missió. No és fins més endavant que el noi descobreix que Cortenaç és el seu pare.

ESPURNA

Jove del poble dels Nans Grisos que va fugir del Reialme de les Bruixes, on estava empresonada i havia estat transformada en oca per un encanteri.

ESTEL·LÀRIUS

Poderós mag del Regne de la Fantasia que lluita incansablement contra el Poder Fosc i la Reina Negra.

FLORDIANA
És la Reina de les Fades. Lluita contra el poder malvat de les bruixes per mantenir la pau al Regne de la Fantasia. Gràcies a l'Anell de Llum es pot comunicar amb Ombrívol i aconsellar-lo en la seva missió.

STRIA
És la pèrfida Reina de les Bruixes, que va assolir el poder després d'enganyar i eliminar la reina predecessora. El seu únic desig és derrotar la Reina de les Fades i conquerir tot el Regne de la Fantasia.

CUATALLADA
Últim exemplar dels antics i nobles dracs blaus, va ser fet presoner pels orcs i per això es va tornar ferotge i salvatge. Va ser alliberat posteriorment per Ombrívol i tots dos es van fer companys inseparables.

MÈROPE
Dida de Règulus i Spica que, després de la mort de la mare dels dos nois, s'ocupa d'ells.

MAREA
És la fada protectora dels Mars Orientals que dóna a Ombrívol el Reclam dels Mars, un gran cargol de mar: si el fa sonar, el noi podrà demanar ajuda i suport en la seva missió.

CAPANEGRA
Cap de les Capes Negres,
els guardians que protegeixen
el poble dels Elfs Negres.

FERAVISTA
Valenta elfa, audaç i
decidida, que juntament
amb Capanegra exerceix
el càrrec de Consellera
a l'Assemblea dels
Elfs Negres.

VERAÇ
Savi i vell elf que ostenta
el càrrec de Savi a
l'Assemblea dels Elfs Negres.

Feia temps que l'Illa dels Cavallers
esperava que ànimes valentes trenquessin
les cadenes de pedra del seu captiveri.
Per això, tres herois havien solcat el cel,
enviats per la Reina de les Fades:
per retornar als Cavallers de la Rosa la seva illa
i al Regne de la Fantasia els seus guerrers més valerosos.
Negres tempestes envoltaven aquella terra antiga,
sacsejada per intensos tremolors,
i negres presagis de mort amenaçaven
l'Audaç Ombrívol de l'estrella al front,
la generosa Spica d'ulls celestes
i l'imponent drac Cuatallada de bram eixordador.
Aviat l'Illa faria realitat el propi destí
per ressorgir més fort que abans,
gràcies a un jove cavaller
disposat a traçar un nou camí.
Però furtius rastres platejats solcaven el mar
i les forces malignes encara havien de ser sotmeses
i destruïdes per sempre més.

Mag Fàbulus, *Cròniques del Regne de la Fantasia*,
introducció al Llibre Sisè.

Introducció

Aquesta és una història de temps antics, temps suspesos entre les tenebres i la llum, en què els milers de reialmes del Regne de la Fantasia lluitaven per ressorgir després del llarg i fosc domini de la Reina de les Bruixes.

Va ser a l'alba d'aquella època de llibertat retrobada que Flordiana, la Reina de les Fades, va demanar al jove Ombrívol que tornés a marxar. Gràcies a ell, Stria havia estat vençuda i les bruixes s'havien escampat pels racons més remots del regne, però la seva missió no havia arribat a la fi: n'hi havia que encara continuaven empresonats i no podien lluitar.

Els Cavallers de la Rosa, els aguerrits aliats de les fades, eren presoners d'un poderós encanteri que els havia transformat en pedra i condemnat a una terrible soledat a la seva illa al mig dels Mars Orientals. El mateix Cortenaç, el pare d'Ombrívol, havia sofert aquest destí, sacrificant la pròpia vida per salvar Spica del poder petrificant de l'Anell de Llum empunyat per Stria.

Ombrívol havia respost sense dubtar a la crida de Flordiana. I Spica, noieta de cor valent, havia seguit el seu amic a lloms de l'intrèpid drac Cuatallada, l'aliat més fidel de tots dos.

Volant cap a l'Illa dels Cavallers, al llarg del seu viatge els dos joves havien aconseguit alliberar la fada Alablanca i vèncer terribles pirates. Finalment, gràcies a l'ajuda de la fada Marea, havien arribat a l'Illa i havien descobert l'antic Escut dels Cavallers, símbol de l'aliança amb les fades, sota el qual la terra havia emergit del mar per socórrer el Primer Cavaller. El mateix Escut que la traïció d'Altamar, el General Suprem dels Cavallers, havia trencat, un gest que posava l'Illa en mans de les bruixes. El mateix Escut que ara s'havia de reconstruir per tornar a la vida aquella terra antiga i els seus cavallers.

Desxifrant imatges de pedra i enfrontant-se a terribles serps marines, Ombrívol i Spica havien trobat i recompost una part de l'Escut, però encara faltava un fragment... l'últim, el més difícil de recuperar.

Així doncs, si voleu saber com el van poder trobar i quants i quins obstacles van haver de superar per recollocar-lo al seu lloc, en aquestes pàgines descobrireu quin va ser el destí de l'Illa, de l'Audaç Ombrívol i de la jove

Spica. I descobrireu també com els llegendaris Cavallers de la Rosa van esdevenir els Cavallers de la Rosa de Plata, que encara avui protegeixen el Regne de la Fantasia. Però potser estic anant massa enllà. Si voleu conèixer el que va passar...

...escolteu, doncs...

PRIMERA PART

L'ILLA MISTERIOSA

1
UN NOU DIA

Era negra nit. En algun punt al cel d'Orient la feble claror dels estels començava a filtrar-se a través dels núvols, però l'Illa dels Cavallers estava immersa encara en la foscor de la tempesta. Només a estones la resplendor sobtada dels llampecs il·luminava l'oceà i deixava veure durant uns moments la silueta dels esculls propers a la riba. El vent fuetejava les costes amb el seu udol rabiós, envestint les roques com si se les volgués endur amb ell.

Ombrívol i Spica s'havien refugiat a la caseta sobre el penya-segat on Cuatallada els havia deixat per volar cap a la tempesta, seguint potser el seu instint arcà i misteriós. Tot i l'estrèpit dels trons, la noia dormia, tapada amb una manta, mentre Ombrívol estava dret a prop de la finestra, capficat en pensaments confusos i amb la mirada fixa a l'horitzó.

Esperava.

Feia tres dies que la tempesta no afluixava i tres dies

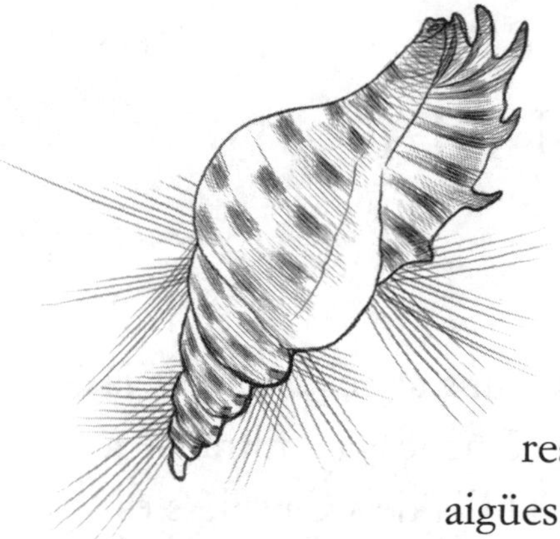

també que Spica i ell no s'havien pogut moure d'allà. Semblava que la pluja i el vent fossin l'única resposta al Reclam dels Mars, el cargol de mar màgic que els nois havien rebut com a regal de Marea, la fada protectora d'aquelles aigües salvatges. El Reclam els havia d'indicar el camí a seguir per recuperar el tercer i últim fragment de l'Escut dels Cavallers, però així que Ombrívol l'havia fet sonar, una terrible tempestat havia assolat l'oceà: la resposta, doncs, s'havia de trobar entre aquelles onades impetuoses. El jove elf, però, no encertava quina podia ser. L'aire i l'aigua bramaven amb tanta violència que a estones semblava que volguessin arrencar la caseta on Spica i ell s'havien arrecerat.

Esperar el retorn de Cuatallada cada cop era més difícil: el noi sentia que el temps s'escolava ràpidament i no era capaç d'apaivagar la preocupació. Després que Spica i ell reconstruïssin els dos primers fragments de l'Escut, les plantes havien tornat a la vida, però la terra tremolava encara sota els seus peus com si alguna cosa fes trontollar els fonaments de l'Illa. A més, les provisions d'aliments començaven a escassejar. Però, per damunt de tot, el noi estava angoixat pensant en Cuatallada.

–On creus que deu haver anat? –va preguntar la veu somnolenta de Spica, que el va agafar de sorpresa.

Ombrívol va continuar mirant fora de la finestra.

–No en tinc ni idea –va contestar amb aire melancòlic–. Però estic segur que tornarà.

N'estava del tot segur, però alhora tenia por. Quan buscava establir amb el drac aquell contacte mental a què s'havia acostumat, percebia la seva ment enmig del vent i la foscor i sentia una gran eufòria, barrejada amb inquietud. Així es devia sentir Cuatallada.

Spica va fregar la Pedra de Flama que els havia donat la fada Alablanca, protectora de la Ciutat damunt l'Aigua, per agrair-los que l'haguessin alliberat de l'encanteri de la bruixa Crameria. De seguida es va encendre un foc encantat. La llum càlida de les flames, moguda pels gèlids corrents d'aire que es filtraven per les escletxes de la caseta, va fer sentir Ombrívol encara més lluny de la foscor en què es trobava el seu drac fidel.

–Espero que no estigui en perill. En aquells llocs hi ha una atmosfera maligna –va dir l'elf, arrugant el front.

La noia se li va acostar.

Un llampec sobtat va il·luminar l'oceà i, al mateix instant, l'estrella sobre el front del noi va refulgir amb una llum inquieta.

–Mira allà baix, Spica... Hi veus alguna cosa? –Ombrívol va indicar un punt a la foscor de la nit i va afegir:– Sembla com si tots els llamps caiguessin sempre al mateix punt, com si hi hagués alguna cosa que els atreu... Fa hores que miro cap al nord-est.

Ella va mirar en la mateixa direcció i va entretancar els ulls buscant-hi un indici, però en aquella foscor era impossible distingir res.

De sobte, un, dos, tres llamps van esquinçar el cel i una ombra es va dibuixar durant un breu instant damunt les onades furioses.

Una ombra negra i majestuosa.

Spica va proferir una exclamació de sorpresa i Ombrívol va somriure.

–L'has vista?

Ella va fer que sí, mentre s'acostava a la finestra i esperava que més llamps revelessin aquella presència.

–Sembla... Sembla una muntanya! –va mussitar amb un esclat d'admiració–. Però no ho entenc! No vam veure res als voltants de l'Illa quan hi vam arribar volant.

–Ho sé. Per això estic convençut que aquesta tempestat és una ajuda de Marea. Va sentir el Reclam dels Mars i ara ens mostra la nostra pròxima meta, el lloc on buscar el tercer fragment de l'Escut –va somriure Ombrívol–. Potser és justament aquella muntanya la «pedra» a què es referia el meu pare al seu diari. Recordes què deia? *Espero que el Secret dels Cavallers sigui custodiat per la pedra*.

Spica mirava fixament la silueta negra que els llampecs il·luminaven a estones: gairebé li feia la impressió que els llamps, com llargs dits nuosos, s'estiraven indicant precisament aquella illa misteriosa.

–El teu pare parla d'un «secret», per tant probablement aquella illa està amagada d'alguna manera, si no les bruixes, un cop aquí, l'haurien trobada. Ni tan sols nosaltres la vam veure abans d'aquesta tempesta.

El cel començava a aclarir-se i la pluja ja remetia. D'aquí a no gaire podrien sortir del seu refugi.

Ombrívol estava impacient i temorós alhora. Per trobar el primer fragment havia pogut disposar del diari del seu pare i del poder de l'Anell de Llum que portava al dit. Després, Marea els havia ajudat a recuperar-ne el segon. Però aquest últim fragment, com Flordiana li havia dit en somnis, seria el més difícil de trobar. I l'èxit de la missió només depenia d'ell.

Amb el cor ple de dubtes, el noi es va quedar contemplant l'espectacle dels núvols negres que s'esvaïen i es desfeien, empesos pels vents i deixant el lloc a la delicada claror de l'alba.

El matí va envair de llum daurada l'Illa i la Ciutadella dels Cavallers, fent brillar les pedres humides, mentre sobre el poble i el bosc, més avall, s'alçava una boira espessa. Mentre finalment sortien de la caseta dels ensinistradors de dracs, Ombrívol i Spica van tenir la impressió de trobar-se en una prominència de roca suspesa damunt d'una extensió de núvols blanca i lletosa. Mirant enllà, on feia ben poc estaven segurs d'haver entrevist una illa, en l'aire net i clar tan sols es veia el blau infinit del mar.

–Però ja no hi és, l'illa! Com pot ser? –va exclamar, astorada, Spica.

–No és possible que només ens l'hàgim imaginat. No pas tots dos alhora –va respondre Ombrívol, enèrgic–. Allà a baix hi ha una terra, d'una manera o altra invisible. Marea ens l'ha mostrat. Ara només hem de trobar la manera d'arribar-hi.

En dir això es va apropar a la noia i li va donar unes galetes. Mentre ell també en rosegava una, va mirar avall: el sol i una brisa lleugera estaven escampant a poc a poc la boira, deixant al descobert el mantell verd del bosc. Un somriure feble es va dibuixar als llavis del noi.

–Hi ha un antic corriol que baixa cap a la platja. Mirarem de seguir-lo –va dir.

Els dos nois es van posar en camí fins que van arribar a la costa. En aquell punt el corriol girava cap a l'interior i s'endinsava al bosc, ara ja desvetllat del seu llarg son de pedra. Els arbres havien resistit el fort vent de tempesta i, a banda d'alguna branca trencada i alguna pedra remoguda, el camí quedava lliure, com si el temps no hagués passat. I, en efecte, res no s'havia mogut durant molts i molts anys. L'últim dia que recordava el bosc havia estat molt temps enrere, un dia de guerra. Des d'aleshores cap planta enfiladissa no hi havia crescut i cap criatura no havia trepitjat aquells paratges.

Ara l'Illa estava tornant a la vida, però continuava atrapada en part en el malefici de les bruixes. Havien d'estar a l'aguait: les serps platejades podien amagar-se en qualsevol lloc i el perill es podia ocultar sota de cada pedra i darrere de cada cantonada.

2

El crit de l'Illa

El sol resplendia cel amunt quan Ombrívol i Spica van sortir de la penombra del bosc i es van trobar al davant les cases del poble de pescadors.

La visió de les muralles derruïdes i de les teulades arruïnades contrastava tant amb l'alegre llum del dia que els nois van enfilar els carrers deserts amb el cor en un puny.

Plantes i animalons s'havien despertat de la llarga letargia embruixada, però els elfs i els dracs encara continuaven quiets com rígides estàtues grises, amb expressions de ràbia o d'espant cristal·litzades als seus rostres de pedra. Mullades per les gotes de l'última pluja, gairebé semblava com si aquelles estàtues ploressin.

Spica va posar delicadament la mà damunt el cap d'un petit elf i li va xiuxiuejar:

–No tingueu por, som aquí per ajudar-vos.

Però només li va contestar el silenci.

–Spica! –la va cridar Ombrívol, fent un signe perquè s'hi acostés.

La jove va advertir que el seu amic empunyava Verí: potser l'espasa tremolava per indicar un perill.

–Què passa? –va preguntar la noia, corrent i agafant l'arc amb la mà.

–No ho sé. Verí està impacient... Potser hi ha serps per aquí a la vora. Val més que no ens separem.

Spica va trobar a faltar la presència de Cuatallada.

–On anem?

–A omplir les cantimplores al rierol. Necessitem aigua –va explicar Ombrívol, recorrent els carrers amb mirada vigilant–. Després serà millor que tornem a la Ciutadella: estarem més segurs a les plataformes per a dracs i Cuatallada ens trobarà més fàcilm...

Un terrabastall el va interrompre. Ombrívol va saltar cap a un costat i va arrossegar Spica fins darrere una paret, tot esperant ben quiet. Es va produir un feble tremolor de les roques del voltant i reguerons de grava es van desprendre de les parets ja derruïdes: l'Illa semblava estremir-se violentament, sacsejada per aquell crit eixordador.

Després, a poc a poc, tot es va aturar i va tornar el silenci. Ombrívol, empunyant l'espasa, va sortir a cel obert.

–Aquestes sacsejades cada cop són més fortes... –va dir fluixet Spica.

El noi li va fer un senyal que s'esperés, mentre desapareixia darrere d'una casa. Després d'una breu volta de reconeixement va tornar al seu costat.

–Vine –va dir–. Moguem-nos.

Sense fer preguntes, Spica el va seguir a través de les cases fins que van sortir pel costat nord del poble. Ràpidament van trobar el rierol on Ombrívol ja havia omplert aigua una vegada, just en arribar a l'Illa. El noi li va passar una de les cantimplores i junts les van omplir d'aigua fresca.

–Gairebé semblava com si l'Illa estigués cridant –va dir Spica després d'un llarg silenci, interromput només per la remor de les fulles i pel so de les onades que batien contra les roques. Tímides gavines volaven al seu voltant, mirant desconfiades abans de posar-se damunt els esculls.

–Sincerament –va comentar el noi–, a mi aquest cop m'ha semblat sentir el bram d'un drac.

Spica va arrugar el front, preocupada:

–Cuatallada?

De seguida, però, es va adonar que no podia ser ell: Ombrívol hauria reaccionat d'una altra manera.

–No –va contestar el noi.

–Creus que hi ha altres dracs aquí? Amagats en alguna banda? Potser a les grutes sota l'Illa?

–No ho sé –va confessar ell. Després va alçar els ulls verd fosc cap a Spica, tranquil·litzant-la amb un somriure.

–Si haguessin volgut atacar-nos ja ho haurien fet. De tota manera, hem de ser prudents i mirar bé on posem els peu...

Un altre cop les seves paraules van ser interrompudes. Un altre udol va trencar el silenci, la terra va tremolar violentament i una onada més forta que les altres es va abatre damunt la costa, erosionant algunes roques. Un estremiment va recórrer la superfície del rierol.

Així que va tornar la calma, els dos nois van recollir les seves coses i es van dirigir a tota velocitat a la Ciutadella.

L'Illa amagava encara alguns secrets: no podien cometre l'error de creure's fora de perill.

Ombrívol avançava ràpid, examinant atentament els voltants: Verí estava força tranquil·la, però una lleu inquietud encara la feia tremolar, com si advertís un perill llunyà.

Quan van arribar a les muralles, els dos nois es van enfilar plegats per les estretes escales d'una torre fins que van ser dalt de tot, i només aleshores el jove elf es va aturar. No es podia creure el que veien els seus ulls.

Darrere seu va arribar Spica, sense alè, i en veure aquella escena es va quedar esbalaïda.

–Però què ha passat? –va gemegar.

El port gairebé havia desaparegut del tot, engolit per les onades del mar. El moll, la platja on havien aterrat el primer dia amb Cuatallada i una part dels esculls damunt els quals sorgia el far ja no hi eren. De l'aigua sobresortien restes sense identificar.

–L'Illa s'està enfonsant –va murmurar el jove.

–No pot ser! –va exclamar Spica.

–Recordes què ens va dir Marea? –va continuar ell, acostant-se a la barana, amb la mirada fixa en les enormes onades que semblaven voler-ho devorar tot–. Recordes el relat sobre el naixement de l'Illa? Va ressorgir del fons del mar gràcies a la màgia de la fada Marea, sostinguda per aquell Escut que ara està fragmentat.

–Però els habitants encara són vius, i si el mar ho engoleix tot... –va començar a dir Spica, però no va tenir esma d'acabar la frase–. Marea no ho permetria, això!

–Potser no està en les seves mans impedir-ho –va respondre Ombrívol.

–No, no! Què hem de fer? Si almenys Estel·làrius estigués amb nosaltres!

–Si ni tan sols la màgia de Flordiana és capaç d'impedir el malefici d'aquesta Illa, llavors ni un mag poderós com Estel·làrius pot esperar actuar. La Reina de les Fades ens ha enviat a *nosaltres*. I el primer que hem de fer és no deixar-nos dur per l'angoixa: passarà temps abans que l'aigua submergeixi tota l'Illa.

Ombrívol mirava de pensar amb calma, malgrat que el cor li bategava amb fúria al pit.

–Hem de trobar l'últim fragment i col·locar-lo al seu lloc abans que això passi. Només així l'Illa se salvarà, i amb ella tots els seus habitants.

Instintivament, el primer pensament d'Ombrívol va ser per al seu pare, atrapat també en un cos de pedra però fora de perill a la cort de Flordiana, la Reina de les Fades, i el jove elf va sospirar.

Al seu costat, Spica contemplava l'aigua amb els seus ulls blaus.

–Si allà a baix existeix de debò una illa misteriosa, si la visió que vam tenir durant la tempesta no va ser només fruit de la nostra imaginació i l'últim fragment és allà, serà difícil recuperar-lo. No hi ha cap barca al port, i encara que en tinguéssim una, trigaríem dies a arribar a l'illa. –En aquell moment va desitjar amb totes les seves forces veure aparèixer a l'horitzó les enormes ales de Cuatallada.

Ombrívol li va acariciar la mà i la va obligar a mirar-lo.

–Tornarà a buscar-nos. Tingues confiança.

La noia va sospirar:

–Oh, Cuatallada, on ets? Et necessitem!

Mentre s'encaminaven cap a les plataformes dels dracs, Ombrívol no va dir res, però dintre seu es feia la mateixa pregunta. L'estrella que duia al front va brillar feblement i, com si hagués sentit l'eco dels seus pensaments, una petita silueta fosca es va enlairar volant de la misteriosa illa, amagada entre les onades del mar.

Cuatallada es va despertar quan la tempesta ja s'havia dissipat.

La brisa marina li acariciava agradablement les escates i la mica de calor de les pedres escalfades pel sol havia revitalitzat els seus membres exhaustos. Volar en la tempesta havia estat meravellós però també esgotador i, tot just entreveure aquella illa negra castigada pels llamps, Cuatallada hi havia aterrat sense dubtar. Aquell lloc vibrava d'energia, i ara que ja havia passat la tempesta, l'aire era deliciosament elèctric. El drac no havia vist mai un lloc tan bonic; segur que a Ombrívol li semblaria tan meravellós com a ell.

Un so molt feble el va distreure dels seus pensaments. Des de dalt de la roca negra i punxeguda on era, Cuatallada va entreobrir un ull. Va notar un moviment entre les pedres i, de cop i volta, es va inquietar. Després va sentir unes veus greus que no li van agradar.

–Un ocell migratori –va dir una veu forta i decidida.

–No pot ser, fa anys que no veiem cap au migratòria! I segons Veraç, no en veurem durant molt de temps encara –va respondre una altra veu, més imprecisa, que tot seguit va afegir–: Mireu, té els arreus!

Cuatallada no comprenia gaire la parla dels elfs i de les altres criatures; només amb Ombrívol s'havia creat un lligam tan fort que el drac podia saber perfectament qualsevol pensament del noi. Amb la resta, només podia confiar en l'instint de la seva raça que li permetia interpretar el to de veu, la mirada, la manera de moure's, el batec del cor i entendre les intencions de qui tenia al davant.

Els moviments de les dues criatures misterioses que l'observaven eren furtius, el ritme dels seus cors, apressat.

–Llavors on deu ser, el seu cavaller? –va preguntar la primera veu.

–Potser ha caigut en ple vol. La tempesta ha estat especialment violenta –va murmurar l'altre.

Les dues siluetes fosques es van moure. Cuatallada a penes si les va distingir, negres contra el negre de les pedres.

–Millor per a nosaltres! Cel i terra saben com necessitem els dracs!

Tot i la sensació de perill, a Cuatallada li va semblar que en l'actitud d'aquelles figures hi havia alguna cosa familiar i, encuriosit, va deixar que se li acostessin.

–També podria ser un truc, una trampa per enganyarnos, senyor –va dir la veu més insegura.

Cuatallada sentia com la por corria per les venes d'aquella criatura i es va enravenar.

L'altre desconegut es va moure ràpid i el drac va advertir a la seva mà alguna cosa brillant que podia ser una arma. Va reaccionar amb un rampell ferotge, va emetre un grunyit i es va dreçar tan gros com era. La petita figura de la veu feble va caure cap enrere i es va tapar la cara amb les mans, mentre que l'altra es va plantar fermament a terra amb les cames obertes, per mirar de resistir millor l'embat, i es va quedar quieta allà on era.

Cuatallada va bufar ferotgement, en-

vestint les dues criatures amb el seu alè calent, va desplegar les ales i va alçar el cap en actitud de combat. La petita silueta negra a terra es va fer enrere gemegant, però l'altra es va quedar dreta, plantant-li cara. El drac sentia la seva inquietud, la seva por, però fos qui fos, per l'olor, sens dubte, un elf, no va recular ni va deixar l'arma a terra.

Aquell elf no li agradava. Una caputxa negra li ocultava el rostre; es movia d'una manera estranya. Quan parlava, la veu sonava amenaçadora.

L'electricitat es va concentrar a la gola de Cuatallada: llengües de flama van espurnejar entre els seus ullals, i les pupil·les verticals dels seus ulls grocs es van fer petites com dues escletxes. Va abaixar l'enorme musell: una sola flamarada i dels dos elfs que havien gosat acostar-se-li amb una arma no en quedaria res.

Alguna cosa, però, el va distreure. Amb un bram d'orgull va aixecar el cap, es va estabilitzar amb les potes posteriors i batent les ales va arrencar a volar cap al cel amb la mateixa elegància d'un peix que salta entre les onades del mar.

Una veu l'havia cridat. La veu d'Ombrívol. El seu cavaller el necessitava. Era hora de tornar.

La figura encaputxada es va quedar una bona estona

estàtic, mirant com s'allunyava el drac i rumiant en silenci, i tot seguit va sospirar.

–T'equivocaves, Maferma –va dir amb tristesa–. Encara té el seu cavaller.

–Com ho sap això, senyor?

–Ara mateix acaba de respondre a la seva crida –va explicar l'elf.

–Qui creieu que pot ser?

–No ho sé. Però el drac tenia la cua tallada i això no és un bon senyal. O l'ha perduda defensant un cavaller o l'han torturat per fer-lo més dòcil. Aviat ho descobrirem, m'imagino. Digues als altres que barrin tots els passatges i que es recloguin. Que ningú no surti sota cap concepte. L'illa ha de semblar deserta. No sabem amb qui ens les haurem, aquests pròxims dies –va concloure amb aire greu.

L'altre va inclinar el cap en senyal d'assentiment i va desaparèixer entre les roques.

3

LA MUNTANYA FOSCA

Aquell vespre, la boira es va tornar a aixecar dels arbres i dels matolls del bosc i, en fer-se de nit, va embolcallar l'Illa. Lentament, també l'antiga Ciutadella dels Cavallers es va veure envaïda per aquell gris mantell ondulant, en què torres i teulades semiderruïdes semblaven flotar sense pes.

Sortosament, les plataformes dels dracs estaven prou amunt per evitar la humitat. Escalfats pel foc, amb el cel estelat que lluïa damunt seu, Spica i Ombrívol havien preparat els jaços i cuinaven en silenci un magre sopar a base de bolets i pa sec.

Tot d'una, alguna cosa els va sobresaltar. En l'aire es va produir un llunyà moviment i uns brams breus es van perdre en la boira.

Ombrívol va anar fins a la barana i es va quedar quiet uns minuts contemplant aquella desoladora extensió fosca, amb les orelles ben dretes per intentar distingir algun so. De cop i volta, una violenta ràfega de vent va

remoure la boira sota la Ciutadella, formant grans remolins grisos, i al cel va aparèixer la gegantina figura alada d'un drac que va enfosquir les estrelles amb les seves ales. Spica va llançar un crit d'espant, tement que els volgués atacar. Ombrívol, en canvi, va sentir com l'envaïa l'alegria.

–Cuatallada!

El drac es va posar damunt la plataforma i el noi va córrer cap allà. El seu amic estava bé, fins i tot li va semblar més content que quan se n'havia anat volant enmig de la tempesta. Semblava haver crescut: les escates, que centellejaven amb les reverberacions del foc, eren més dures i més lluents, i les crestes damunt del cap, més robustes.

Els grans ulls grocs del drac es

van topar amb els d'Ombrívol, i el jove elf el va abraçar immensament alleujat.

–Començava a preocupar-me –li va confessar rient–, però pel que sembla m'equivocava.

El drac va emetre un bram de joia i va refregar el morro contra la mà del seu cavaller. Tot seguit, es van acostar plegats a Spica, que observava l'escena amb un somriure als llavis, emocionada i animada. El drac la va saludar amb un esbufec i ella va respondre amb una rialllada alegre.

Ombrívol es va asseure a la vora del foc i Cuatallada es va arraulir darrere seu, estirant-se damunt la plataforma fins a envoltar amb el seu llarg cos els dos elfs per protegir-los.

–I bé, on has estat tot aquest temps? Vas gaudir amb la tempesta de llamps? –va preguntar Ombrívol.

Cuatallada va moure les ales, tremolant només de recordar-ho: l'elf va notar, com si passés al seu propi cos, la sensació d'alegria que el seu amic havia sentit volant.

–I m'hi jugo alguna cosa que has sobrevolat també aquella illa que va aparèixer durant la tempesta –va afegir, mirant fixament als ulls del drac.

Un llampec d'alarma va travessar la mirada de Cuatallada. Fins i tot Spica ho va notar.

–Què passa? –va preguntar–. Que potser és perillosa?

Cuatallada va emetre un so gairebé ofegat que Ombrívol coneixia bé.

–No li agrada –va explicar.

–Si més no, ara sabem que existeix. Està habitada? –va preguntar ràpidament ella.

Cuatallada va ensenyar les dents i un minúscul llamp va vibrar a la punta de l'ullal corbat. Els nois es van mirar l'un a l'altre.

–Tot fa pensar que sí –va sospirar Ombrívol, mentre a la plataforma el drac bellugava la cua per indicar el seu nerviosisme.

–I per algú que no li agrada –va afegir Spica.

–Però qui? Bruixes? –va preguntar el noi.

Com a resposta va rebre un copet de musell a l'esquena.

–Vols dir... elfs?

El drac va fer un gemec en senyal d'aprovació i Spica va sospirar alleujada.

–Finalment, una bona notícia! Elfs! Tot quadra: algú es va endur d'aquí el fragment de l'Escut per protegir-lo i el guarda allà!

–Espero que tinguis raó –va murmurar Ombrívol, amb la mirada fixa a les flames–. De tota manera, m'estimo més ser prudent. No sabem res d'aquella terra misteriosa que no existeix en cap mapa.

Va posar la mà al coll del drac per tranquil·litzar-lo i va sentir que sota el seu tacte el seu amic s'alliberava una mica de l'ansietat.

–Potser seria més prudent arribar-hi en plena nit –va continuar el noi.

–Vols dir que haurem d'esperar un dia més? –va protestar Spica. La resplendor de les flames reflectida als seus ulls la feia semblar encara més decidida.

–No, vull dir de marxar ara –la va tranquil·litzar ell, i aleshores es va adreçar al drac–: Sé prou bé que has viatjat durant hores, però ara l'Illa s'ha enfonsat uns quants metres. Spica té raó: estic convençut que no ens queda gaire temps per salvar aquesta terra i els seus habitants petrificats. Quant temps creus que trigarem? Aterrarem abans que es faci de dia?

Cuatallada es va alçar damunt les potes i va obrir les ales, disposat a marxar.

Ombrívol va somriure.

–D'acord, doncs: decidit. Sortirem havent sopat.

Spica va assentir.

Va ser un sopar silenciós. Per primer cop des de feia dies, Ombrívol se sentia finalment disposat a actuar.

A ell li corresponia trobar el tercer fragment de l'Escut dels Cavallers. A ell, l'Illa li demanaria una prova de fidelitat i ell no es faria enrere.

Mentre queia la nit, els dos elfs, després de preparar el poc equipatge i d'assegurar-ho tot a la sella del drac, van pujar dalt de Cuatallada i van sortir volant cap a l'illa misteriosa. La recerca valerosa de l'últim fragment de l'Escut dels Cavallers havia començat finalment.

Tot era negre al seu voltant excepte els estels. Spica sentia com el vent fred li tallava el rostre i va perdre la noció del temps que passava. En un cert moment es va adonar que Cuatallada estava planant i va mirar avall.

En un primer moment no va veure res, tret de l'aigua del mar. Tot seguit, però, li va arribar el so de la ressaca i es va adonar que les onades xocaven contra alguna cosa... Terra!

Una muntanya negra amb el cim tallat netament es perfilava davant seu.

El drac va trigar molta estona a acostar-s'hi i, mentre l'illa es feia cada cop més grossa i anava prenent forma,

Ombrívol va estirar un braç per indicar una resplendor damunt d'una paret rocosa.

Spica va entretancar els ulls per veure-hi millor.

–Un foc? –va preguntar.

–Sí, un campament per fer guàrdia, o potser un poble –va respondre ell.

Però just en pronunciar aquelles paraules, la claror va desaparèixer.

–Creus que ens poden haver vist? –va preguntar la noia, amb el vent que li xiulava a les orelles.

–Em sembla difícil –va contestar l'elf. Però no va afegir res més.

Spica es va adonar que estava tens i concentrat i no va fer més preguntes.

Quan el cel es va començar a aclarir, el vol de Cuatallada es va fer més lent. L'illa, dominada per la muntanya del cim escapçat, era poca cosa més que un gran escull, un conglomerat rocós, dens i negre com el cel de nit. Després de llançar un cop d'ull al terreny sota seu, el drac va girar per aterrar damunt d'una clariana empedrada, probablement una antiga plataforma per a dracs envaïda ara per la vegetació.

Un cop van baixar de la sella, els dos nois van mirar al seu voltant. Les pedres negres que envoltaven la plataforma eren tan grosses i tan llises que semblava impossible enfilar-s'hi. Amb tot, gràcies a l'ajuda de Cuatallada les van poder superar i van arribar fins a una petita altura rocosa des d'on van observar l'illa. Arreu creixien matolls baixos i espinosos, d'un color tan fosc que semblaven tan negres com la terra.

–Per totes les estrelles! –va exclamar Spica–. Quin lloc més desolat!

Cap al sud, més avall respecte al punt en què es trobaven, hi havia un mirall d'aigua de mar tancat per alguns esculls que formaven una mena de llac salat, d'aigües tan transparents i cristal·lines que se n'entreveia el fons baix i gris, entapissat de pedres i d'abismes negres.

Per un moment, Ombrívol es va preguntar com trobaria en aquell lloc el tercer fragment de l'Escut dels Cavallers. Des d'allà dalt, s'esperava veure habitatges o refugis; en canvi, l'illa apareixia despoblada i inhòspita com un desert. Si sobre l'Illa dels Cavallers cada signe de vida havia estat petrificat feia molt de temps, aquí semblava no haver-n'hi hagut mai. Qui fos que s'amagués allà, segur que no es deixaria veure fàcilment. Spica i ell ni tan sols podien esperar trobar-hi cap rastre: les roques negres i lluents no mostraven cap traça de qui hi havia caminat per sobre, i els únics animals que semblaven viure a l'illa eren unes sargantanes vermelloses, petites i esmunyedisses, que es torraven plàcidament al sol ara ben alt al cel.

–Què fem? –va preguntar la noia.

–Donem un cop d'ull per aquí –va contestar Ombrívol, i va començar a obrir-se camí per un corriol pelat.

4
Pedres voladores

Spica seguia Ombrívol en silenci, ensopegant amb aquelles roques negres de reflexos platejats i esbufegant per la calor intensa.

Gairebé com si s'ho digués a ell mateix, el jove elf va murmurar:

–Aquí al voltant no hi ha res que faci pensar que l'illa estigui habitada. Potser algú s'hi va refugiar quan les bruixes van atacar l'Illa dels Cavallers, sabent que aquí es trobarien segurs, perquè aquesta terra està amagada a ulls de tothom. Però no deu haver estat fàcil sobreviure en aquest erm desolat.

Es va girar i va ajudar la seva amiga a travessar un punt especialment infranquejable. Cuatallada els seguia amb pas tranquil, amb el coll estirat per observar bé els voltants. Ombrívol estava força serè perquè sabia que mentre el drac no donés senyals de nerviosisme no hi havia perills imminents: cap sentinella tenia una vista més penetrant i una oïda més afinada que Cuatallada. Verí tampoc no tremolava.

–Uff... –va esbufegar Spica–. Aquesta illa sembla feta a posta per desanimar els possibles visitants. Creus que trobarem un lloc on protegir-nos d'aquest sol abrasador?

Ombrívol va remenar el cap.

–No crec que hi hagi cases, però potser les criatures que va veure Cuatallada quan hi va ser viuen en una cova. Qui sigui que viu aquí deu haver trobat la manera de protegir-se dels rajos del sol –va concloure Ombrívol, exhaust també per aquella calor que augmentava i que l'extensió de roques roents encara feia més insuportable.

Poc més enllà, els dos elfs van veure una obertura entre les pedres que semblava que podria oferir una mica d'ombra i s'hi van ficar. Van començar a caminar per un caminet estret entre dues altes parets negres, que va desembocar en una clariana sorrenca on creixien alguns arbres de fulles esclarissades.

Ombrívol es va eixugar el front i va dir:

–Aturem-nos, fa massa calor per continuar. Esperarem que el sol estigui més baix i tot seguit reprendrem la marxa.

Spica, amb les galtes vermelles i els ulls brillants, es va

deixar caure a terra sospirant, sota les branques negroses dels arbres.

Cuatallada va desplegar les ales i va girar el cap envers el mar que bramulava més enllà de les roques, a sota.

–Vols anar a fer un vol d'inspecció, oi? –va dir Ombrívol en veure el seu amic impacient–. Vés-hi, doncs!

Cuatallada va emetre un grunyit feble i va arrencar a volar, llançant-se cap al mar per tornar al cap de poc amb alguns peixos.

Ombrívol i Spica els van rostir damunt les pedres escalfades pel sol i després de menjar fins a atipar-se es van posar a l'ombra de l'enorme cos del drac, que dormitava satisfet després de la breu volada.

Però el sol no els donava treva.

–És terrible! –va exclamar Spica, bevent un altre glop d'aigua–. Qui podria sobreviure aquí?

Cuatallada va obrir un ull, mirant-la amb perplexitat. Ombrívol li va donar un copet de mà a la pota:

–Pel que sembla, ell no té cap problema; més ben dit, jo diria que aquest lloc li agrada!

Cuatallada va rugir en senyal d'aprovació, però la noia va fer que no amb el cap.

–Ell és un drac, les escates segurament el mantenen

fresc i els reflexos del sol damunt les roques no l'enlluernen.

Just aleshores, Cuatallada va alçar el cap amb un grunyit. La brisa marina havia portat alguna cosa fins a l'orella sensibilíssima del drac i, posant-se dret, l'elf també ho va percebre: un so lleuger, com el d'algú que cargola un full de paper.

Ombrívol es va aixecar, tens.

–Què pot ser? –va dir en veu baixa.

Spica va agafar l'arc i les fletxes, però el noi li va fer senyal que no es mogués. Va pujar ràpidament a lloms del drac per poder veure més enllà dels arbres, mentre Spica el posava en guàrdia:

–Vés amb compte, podrien ser trols de pedra... Qui, si no, podria viure en un lloc com aquest?

–Verí no tremola i Cuatallada està tranquil –va respondre Ombrívol–. No crec que hi hagi perill. Espera't aquí, vaig a comprovar-ho.

Va lliscar cap endavant, mirant més enllà de les roques punxegudes i escalfades pel sol. De cop es va quedar clavat, aterrit, amb el cor que li bategava sense control.

Damunt d'una roca arrodonida, envoltada per estranys llampecs de llum, flotava en l'aire un prisma enorme de pedra negra com la resta de l'illa. Entre el prisma i la roca fluïen petits llamps blavosos, i a cada cop de vent el prisma girava i es balancejava com un vaixell a l'aigua.

El noi, trasbalsat, va baixar per contemplar de prop aquella estranya pedra voladora.

–Vine a veure-ho, Spica! No és natural..., deu ser obra d'algú –va reflexionar Ombrívol, observant les estranyes decoracions a la base de la roca.

–Podria ser obra d'un mag –va suggerir Spica–. Per a què deu servir?

Ombrívol no en tenia ni idea. Aquella illa era un veritable misteri.

Cuatallada s'hi va acostar, va ensumar l'estranya pedra voladora i la va tocar amb un minúscul llamp. El prisma va capturar i absorbir la descàrrega, es va elevar uns quants metres, i tot seguit, girant en una lenta espiral, va tornar al seu lloc.

–Això no explica per a què serveix, però gràcies, amic –va dir Ombrívol–. Almenys ara entenem per què tots els llamps queien damunt d'aquesta illa durant la tempesta. Aquesta pedra els atreu i els absorbeix. Potser és per això que a Cuatallada li agrada aquest lloc.

Un soroll de grava remoguda darrere seu els va fer tombar de cop i volta. Una ombra es va esmunyir entre les roques negres i va desaparèixer, tan veloç com havia aparegut.

Cuatallada va grunyir i es va llançar a la seva persecució, movent-se còmodament pel terreny accidentat gràcies a les seves urpes, però per més que va buscar, removent les pedres i furgant entre les escletxes, no va trobar res.

Tot d'una, un crit d'Ombrívol el va fer tornar sobre

els seus passos. Es va girar i va veure el seu cavaller que mirava atònit alguna cosa: les roques que havia remogut estaven girant en l'aire, sense pes.

–Pel que sembla, totes les pedres d'aquesta illa poden surar en l'aire, un cop se separen de terra! –va exclamar Ombrívol.

–Però com pot ser? Deu haver estat una màgia molt poderosa la que ho ha fet possible –va reflexionar Spica.

–O potser és justament gràcies a l'energia dels llamps –va suposar Ombrívol.

Aleshores va fer un gest a Cuatallada i tots tres van continuar inspeccionant plegats l'illa.

Malgrat l'ajuda de Cuatallada, que de tant en tant els traslladava volant, els dos nois van trigar gairebé dos dies per explorar l'illa, i finalment van haver de reconèixer que no en sabien gaire cosa més que abans. Havien vist pinacles de roca impressionants, un rierol que davallava de la muntanya i desembocava al llac salat a prop d'on havien aterrat, i havien comptat un gran nombre de prismes voladors, més o menys irregulars, al llarg de la costa. Però no hi havien trobat cap indret habitat.

No havien vist tampoc cap ombra misteriosa, però això no els consolava: se sentien estranyament observats. Potser qui s'havia refugiat a l'illa els temia.

Van sopar en silenci, sense saber què havien de fer, i veient que Ombrívol passava la mà per sobre del Reclam dels Mars, Spica li va preguntar:

–Creus que ha arribat el moment d'usar-lo?

Ell va assentir:

–Sí, no ens podem permetre perdre més temps. L'illa és massa gran per trobar algun rastre sense cap ajuda. He esperat, amb l'esperança de descobrir un indici que ens indiqués el camí i ens permetés guardar el Reclam per a un altre moment. Però demà al matí faré sonar el cargol de mar per tercera i última vegada. Esperem que el regal de Marea ens ajudi, perquè després estarem veritablement sols –va acabar amb una expressió abatuda.

–No. No estarem sols mentre estiguem junts –va mirar d'animar-lo Spica.

El noi va somriure, però l'estrella al seu front va continuar apagada, ofuscada per pensaments greus.

Spica sabia que Ombrívol havia parlat amb Flordiana, en somnis, després de col·locar al seu lloc el primer i el segon fragment de l'Escut. Però, en comptes de sortir-ne animat, l'últim cop Ombrívol semblava haver quedat trasbalsat amb les paraules de la Reina de les Fades. Hi havia com un vel que li embolcallava el cor i li ocultava els pensaments. Com si estigués espantat per alguna cosa... Però ell era l'elf que s'havia enfrontat amb dracs, orcs, bruixes, i que havia derrotat Stria! Era l'amic que sempre l'havia encoratjat en els moments difícils!

Spica va sospirar. Com hauria volgut parlar ella també amb Flordiana, saber què li reservava el futur i a quines proves s'haurien d'exposar en aquella illa. Absorta, la noia va llançar una pedreta en la foscor que rodejava la petita foguera.

La va llançar, però no va sentir cap soroll. La pedreta flotava suspesa damunt les altres, com si pengés d'un fil. Cuatallada es va posar a jugar-hi amb una urpa, fent-la onejar en l'aire, mentre la claror del foc li donava una lluentor metàl·lica.

Spica va recolzar l'esquena a les pedres, contemplant el cel net i estelat damunt del seu cap i preguntant-se on havien anat a parar.

Cuatallada va donar un cop d'ull a la jove elfa dels cabells daurats, va aixecar el cap i es va posar a mirar també els estels llunyans. Ombrívol mantenia els ulls fixos en les flames amb una expressió distant. El drac percebia el grau de soledat que sentia el seu cavaller, a la deriva en el mar enorme que els envoltava, i comprenia aquell sentiment. Ell també s'havia sentit així quan era presoner dels orcs, sol i sense punts de referència. Sí, l'elf el tenia a ell i a la jove Estelada, però tot i això no semblava prou. Com tampoc no ho semblava saber que un podia volar per no tenir por del primer vol. Potser el seu cavaller necessitava que algú li digués que tot aniria bé, que les decisions que estava prenent eren les més encertades. Que arribarien temps millors per a tots ells.

Però això no ho podia fer ningú. No pas la noia, espantada en aquell lloc i insegura sobre el futur, ni tampoc ell, encara que l'instint el feia tenir una con-

fiança absoluta en el seu cavaller. Ningú tret del jove elf trobaria la manera correcta d'afrontar les coses.

El dia en què havia arribat per alliberar-lo de la seva esclavitud, a l'arena dels orcs, Cuatallada ho havia entès de seguida. De la mateixa manera, sabia que quan fos el moment, Ombrívol seria capaç de reconèixer el seu propi camí.

Cuatallada sabia que el seu cavaller trobaria la manera de derrotar les boires que l'envoltaven i d'aixecar-se per seguir les estrelles lluminoses damunt seu.

Ombrívol i ell s'assemblaven molt.

5
L'ÚLTIMA AJUDA

Al trenc d'alba, Ombrívol i Spica ja estaven a peu dret. Tot i que aviat faria un dia clar i calorós com el precedent, l'alba era freda i grisosa. Després d'esmorzar de pressa, els nois van anar, acompanyats per Cuatallada, al llac salat, que s'obria en un cantó de l'illa. Les onades del mar no arribaven a tocar l'interior del mirall d'aigua, que continuava quiet i cristal·lí. Només el rierol que hi desembocava, baixant de la muntanya, formava petits brolls escumosos. Les costes tot al voltant eren accidentades i plenes d'esculls punxeguts.

Els nois van baixar amb cautela fins a la riba, de manera que Ombrívol pogués ficar els peus dins l'aigua per utilitzar el Reclam dels Mars, com li havia dit Marea. Un calfred gelat va recórrer tota l'esquena del noi quan les suaus onades cristal·lines li van llepar les cames. Va mirar el cel, després l'aigua i finalment es va girar per abraçar amb la mirada la misteriosa illa negra apareguda en la tempesta; només aleshores va trobar el valor d'agafar el cargol de mar de Marea.

Ja l'havia fet servir dues vegades, i en els dos casos s'havien produït esdeveniments desconcertants que els havien portat, a ell i Spica, pel camí correcte per trobar els fragments de l'Escut. Ara no s'atrevia a pensar què passaria.

Era l'última possibilitat: com li havia dit Marea, només podrien usar el Reclam dels Mars tres vegades. Amb el cor en un puny, esperant actuar de la millor manera, Ombrívol va alçar el cargol de mar, va tancar els ulls i va bufar amb totes les seves forces.

El Reclam dels Mars va emetre un murmuri delicat, que a poc a poc es va transformar en un so dens i profund que ho va embolcallar tot. Va ser un cant llarg i malenconiós, semblant a un adéu; quan el noi va separar els llavis de la petxina, les darreres notes es van perdre en l'aigua amb ressons dringadissos.

Durant una bona estona, Ombrívol va témer que no passés res, però tot d'una sobre seu es va aixecar un retruny eixordador.

Les pedres van tremolar i Spica va relliscar per les roques amb un crit escanyat i va caure a l'aigua.

Al cel serè, un llamp vermellós va caure de sobte al

seu costat, seguit d'altres llamps. Una ràpida seqüència d'esclats va vibrar en l'aire i, abans que Ombrívol se n'adonés, alguna cosa a l'aigua, potser l'aigua mateixa, se'l va endur i va desaparèixer entre les onades.

Sota l'aigua, el noi va tenir temps de sentir el rugit de Cuatallada, però aviat tot es va tornar com esmorteït i llunyà; va ser arrossegat cap a on l'aigua era més fonda, cap al centre del llac, i la desorientació li va impedir lluitar.

Al seu voltant la quietud era enlluernadora. D'alguna manera sabia que no corria perill: el món sota l'aigua era

resplendent i meravellós. Llums, ombres, tot semblava impregnat de blau i de reflexos daurats.

Tot d'una va notar alguna cosa. El cor gairebé se li va aturar al pit... però en aquell precís moment, les urpes de Cuatallada es van engrapar amb delicadesa i fermesa alhora, i el blau i el silenci es van esfumar. Els sons van tornar a omplir les orelles del noi i el vent li va ferir el rostre.

Ombrívol es va aferrar a les urpes del drac. Ara ho entenia: l'aigua no havia volgut fer-li mal, només assenyalar-li el camí. Ara sabia on havia d'anar.

Spica, escabellada i confosa, li va allargar la mà per ajudar-lo a pujar a la sella.

–Has vist quins llamps? Ha estat terrible, semblava que volguessin caure'ns a sobre.

–Però no ha estat així –li va contestar Ombrívol, pujant per la pota del drac.

Mentre l'elf s'apartava els cabells mullats de la cara, Spica el mirava atentament com si al davant tingués algú que no coneixia.

–Què ha passat? –va preguntar la noia.

–Hem de baixar –va cridar perquè el batec d'ales de Cuatallada, que cada cop pujava més amunt, no li tapés la veu. Aleshores va mirar avall i per primera vegada va poder observar cada racó de l'illa en la diàfana claror de l'alba. Si de nit, quan havien arribat, li havia semblat una muntanya sorgida del mar durant la tempesta, vista des de dalt l'illa semblava una gran lluna creixent, negra i plata contra el blau de les onades. Però com més pujava Cuatallada més fugaços es feien els contorns d'aquella terra i més semblaven esvair-se en el cel i en el mar. Un instant més i aquella illa desapareixeria als seus ulls. Tot d'un plegat l'aire es va espessir i Ombrívol es va adonar que estava a punt de caure un altre llamp.

–Hem de tornar i baixar. Agafa't fort! –va cridar a la seva amiga.

Aleshores, va picar dues vegades amb la mà al coll del drac, que responent immediatament a les seves ordres va replegar les ales i es va llançar en picat. Ombrívol va sentir com Spica se li arrapava, reprimint un crit. Ell li va agafar la mà entre les seves per transmetre-li força i esperança.

–Es pot saber què t'ha agafat ara de cop i volta? No podíem baixar amb més calma? Si els llamps... –va balbucejar Spica un cop a terra, tremolant com una fulla.

–Està a punt de caure'n un altre i estem més segurs a l'illa. Aquí no ens tocaran –va dir Ombrívol.

–I com ho saps tu, això? –va protestar la noia, mirant-lo amb els ulls encesos de por i indignació alhora. Com si fos una resposta a la seva pregunta, un nou llamp va travessar el cel i va ser capturat per un dels prismes voladors, que va esclatar alegre i va flotar en una dansa sense pes per sobre el monticle.

Cuatallada va rugir content, aixecant les escates per recollir l'electricitat en l'aire, mentre Spica es tapava les orelles. L'espetec del tro que va seguir va ressonar per tota l'illa com una explosió màgica, i després tot va emmudir i només va tornar a sentir-se la ressaca.

–No recordes què va passar quan Cuatallada va tocar un d'aquests prismes flotants amb el seu llamp? No sé com, però aquesta illa absorbeix els llamps, Spica. Per això li agrada a Cuatallada: ell en treu energia, dels llamps. Començo a pensar que entre ell i aquesta terra hi ha un lligam profund... –va dir Ombrívol amb veu calmosa, posant-li una mà a l'espatlla per tranquil·litzar-la.

–Ja ho saps que jo, en canvi, odio els llamps –va comentar ella.

Ombrívol va somriure i, per uns moments, l'estrella al seu front va refulgir vívida i va fer brillar els seus ulls tan intensament que Spica va callar.

Ell, però, va semblar que no se n'adonava.

–Em sap greu, però hauràs de tenir paciència –va dir–.

En aquesta illa viuen els llamps, però també s'hi troba el tercer fragment de l'Escut.

Spica va apartar delicadament la mà d'Ombrívol de la seva espatlla i va encreuar els braços, més empipada amb ella mateixa i amb les seves pors que no pas amb l'elf. Cuatallada va refregar el morro amistosament contra el seu rostre i ella va bufar, sentint com si li prenguessin una mica el pèl:

–D'acord, d'acord. Però segueixen sense agradar-me.

Només aleshores la noia es va recordar del Reclam dels Mars: quina era la pista que els havia suggerit Marea? De sobte va tenir por d'haver desaprofitat aquella valuosa ajuda.

–Què ha passat dins l'aigua? Has vist alguna cosa? Perquè jo no... –va començar, però quan va veure la cara somrient d'Ombrívol es va interrompre.

–Sota d'aquella roca hi ha una mena de túnel! –va dir ell, corrent al llarg de la costa per arribar al punt exacte–. Crec que fora de l'aigua i sense l'ajuda d'una llum *especial* és gairebé invisible.

Cuatallada va rugir indicant el cel i Spica no va poder evitar somriure.

–La llum dels llamps, oi?

Ombrívol va assentir.

–No sé on deu conduir aquell túnel, però un corrent gelat m'ha agafat les cames i m'ha arrossegat avall fins que l'he vist.

–Marea –va murmurar Spica, i es va posar vermella: havia tingut por que Ombrívol s'ofegués i havia pregat a Cuatallada que el salvés.

Ombrívol va assentir enèrgicament:

–Sembla que aquesta vegada haurem de nedar! T'hi veus amb cor?

–Esclar. No pateixis per mi.

–I tu, què en penses, amic meu? –va dir l'elf al drac, acariciant-li el musell.

Cuatallada va emetre un grunyit sord i Ombrívol li va donar la raó.

–Ho sé –va sospirar el jove–. És massa estret per a tu. Ens hauràs de deixar que hi anem solets.

Cuatallada va rebufar, però l'estrella que brillava ferma al front del seu cavaller el va convèncer.

–No tinguis por, tot anirà bé –el va tranquil·litzar Ombrívol–. I si necessitem la teva ajuda, trobaré la manera de fer-t'ho saber.

Spica va posar una mà damunt les escates blaves del drac.

–Tranquil. Jo seré al seu costat. –Després, amb el rebuf una mica indecís de Cuatallada, va fer una rialleta:–

Bé, si més no faré el que pugui! –Tot seguit es va girar cap a Ombrívol:– No crec que es refiï gaire de mi...

El noi es va posar a riure, es va carregar a l'esquena el sarró i va dir:

–Es refia de tu més del que et penses, oi que sí, amic meu? –Aleshores, dirigint-se al drac, va apuntar un somriure malenconiós:– Tu, sobretot, vigila bé tot això i no t'oblidis d'aquelles ombres que vam veure.

Després va allargar la mà a Spica. Ella l'hi va agafar i plegats van baixar a la riba del gran llac salat.

6
El Camí del Drac

Ombrívol sentia una estranya inquietud al pit. Es va girar i es va trobar amb la mirada de preocupació de Cuatallada: per alguna misteriosa raó tenia la impressió que no el tornaria a veure gaire aviat.

Sentia que hauria d'afrontar aquella prova tot sol. Era la *seva* prova.

Troba el tercer fragment i tindràs la clau del Present: simbolitza la teva vida, els teus somnis i el teu cor. Serà la tasca més complicada. No traeixis els amics i l'Illa reviurà! No et traeixis a tu mateix i trobaràs el camí!

Les paraules que Flordiana li havia dit en somnis el preocupaven.

La traïció era la raó per la qual l'Illa havia caigut en mans de les bruixes: en el fons del seu cor, Ombrívol no podia evitar preguntar-se si estaria a l'altura de la tasca que li havia estat confiada.

Estava segur de no poder ni voler trair els seus amics, però què volia dir no trair-se a ell mateix?

Va mirar l'aigua cristal·lina que tenia davant seu i un pensament li va allunyar les cabòries. Encara havia de complir la promesa: tornar a les onades el Reclam dels Mars.

El va deslligar del cinturó, el va deixar caure a l'aigua i va veure com s'ajeia al fons. Semblava un cargol de mar qualsevol. Va desitjar que pogués servir d'ajuda a altres en un futur, i després va tornar als seus pensaments.

L'única cosa segura era que no es podia fer enrere. Va arribar nedant al punt on havia vist el túnel i va ficar el cap dins l'aigua. Sense la llum dels llamps va trigar a trobar l'entrada, però, de sobte, poc abans que li comencés a faltar aire als pulmons, l'estrella al front va brillar i una pedra negra, on hi havia esculpits una lluna i un sol, li va respondre brillant al fons del llac. L'entrada havia de ser allà.

–L'has trobat? –va preguntar Spica quan el va veure emergir.

–Sí, és allà baix! –va contestar ell agafant aire. Tot seguit es va tornar a submergir i amb unes poques i ràpides braçades va arribar tan a prop de la pedra que en va poder observar cada detall.

Sol i lluna. Com al medalló que li havia donat el seu pare Cortenaç i que duia sempre al coll. També la forma de l'illa misteriosa era la d'una lluna. Potser l'illa mateixa estava a l'origen d'aquell signe? De la seva gent? Si hagués estat així, qui l'esperava a l'altra banda del túnel? Trobaria resposta a les preguntes que es feia sobre el seu pare?

Spica va veure que Ombrívol li feia un gest. Va prémer els llavis uns segons, i finalment es va decidir: va agafar aire i es va capbussar ella també, desapareixent en el llac salat, acomiadada amb un bram de Cuatallada. Entre el núvol de bombolles que l'envoltaven, Spica va buscar Ombrívol, que en aquell moment s'introduïa en la foscor del túnel. El va seguir. Una pàl·lida llum platejada provenia d'una pedra del fons, però Spica no va tenir temps d'aturar-se a mirar. Va accelerar per atrapar el seu amic.

Va travessar una barrera d'aigua freda i opaca i per uns moments el cap se li va enterbolir; va lluitar contra el feble corrent que semblava voler-la repel·lir. Va començar a notar el pes de la cuirassa de cuir xopa i l'arc que l'engavanyava; va sentir com el fred intens li calava els ossos, però va serrar les dents i va continuar nedant. Ho havia d'aconseguir.

Unes llums tènues s'ondulaven davant seu. Semblaven refulgències del sol. El sol a la sortida del túnel? Va nedar fins que va sentir les cames sense forces i els pulmons buits, i just aleshores la llum es va tornar d'un color vermell de sang. Spica amb prou feines va poder distingir alguns esglaons submergits: semblaven llunyans, però hi havia d'arribar. Va fer un esforç enorme, pensava que no se'n sortiria, però quan estava a punt de rendir-se, una mà forta la va agafar i la va arrossegar fora de l'aigua.

–Respira! Endavant! Hem arribat! –va sentir cridar Ombrívol.

Spica es va aferrar al seu braç i junts, els dos nois, mullats i esgotats, van pujar les escales.

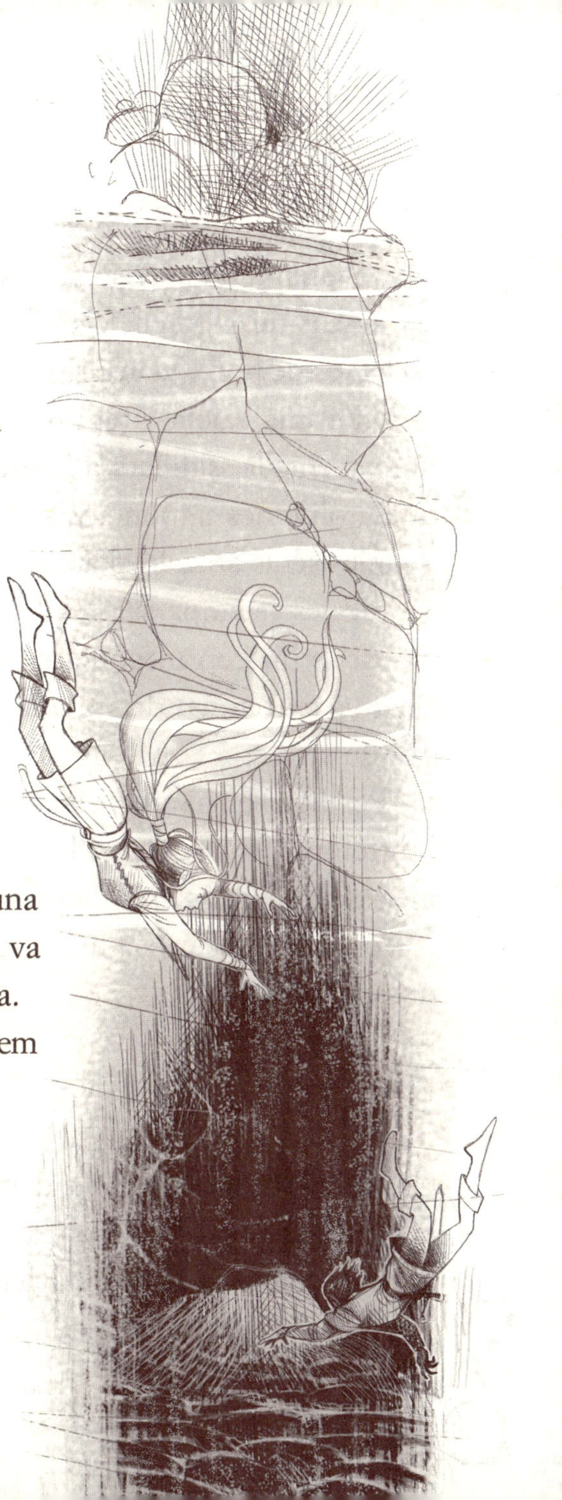

–Em pensava que no s'acabava mai –va murmurar ella, contenta d'haver sortit d'aquell abisme gris i gèlid. Va tancar un moment els ulls, per allunyar les últimes escletxes de por. Quan els va tornar a obrir va veure que eren en una saleta circular, il·luminada per esferes de llum vermella, similars a flames. Als costats de la sala, unes columnes imponents sostenien un sostre recobert de minúsculs cristalls platejats.

Spica es va empassar la saliva, amb l'absurd temor de trobar-se un cop més, qui sap com, al castell de Stria. Però va reaccionar de seguida i va preguntar:

–On som?

–Per aquí hi ha un passatge –va dir Ombrívol, amb l'estrella al front que brillava amb la mateixa llum vermellosa que les esferes flamejants.

I es va dirigir cap a un passadís fosc que s'obria en una de les parets.

Cuatallada s'havia arraulit damunt d'una de les roques negres que encerclaven el llac salat i vigilava les aigües per on Ombrívol i Spica havien desaparegut.

Encara no havien tornat. Malgrat que Ombrívol li havia demanat que no patís per ell, el drac havia sentit com l'ànsia oprimia el cor del seu cavaller.

Es va moure amunt i avall entre els esculls, inquiet, després va obrir les ales i va volar una estona al voltant de l'illa, mirant d'entendre on podia anar a parar aquell túnel. L'amoïnaven els elfs misteriosos que havia trobat. No li feien por a ell: no eren sinó petites criatures i podia defensar-se'n sense gaires problemes. Però Ombrívol, no.

Alguna cosa negra es va moure ràpida entre les pedres. El drac va fer veure que no ho havia vist. Però va tornar a passar. Alguna cosa s'estava movent sobre la superfície aparentment deserta de l'illa. Cuatallada s'hi va acostar, va passar en vol rasant i finalment va decidir aterrar al vessant de la muntanya fosca on havia detectat l'últim moviment furtiu. Es va situar damunt les roques negres, enfonsant-hi les poderoses urpes, i es va parar a escoltar.

I si eren Ombrívol i Spica?

Del fons del túnel va arribar un so semblant al d'ossos rodolant. Ombrívol va empunyar Verí i, encara que l'espasa no tremolava, en va treure dos dits a fora de la funda, preparat per desembeinar-la.

–Queda't darrere meu –va ordenar a Spica.

Al seu torn, la noia va agafar l'arc platejat i va preparar una fletxa amb els dits balbs de fred. Els seus ulls tornaven a brillar de valentia i determinació.

Aquell so llunyà que repicava es va apagar i només va quedar la remor distant del mar.

Ombrívol va serrar les dents i va fer un pas endavant. Just després de l'entrada del passatge hi havia una escalinata de graons perfectament llisos i regulars que pujaven i desapareixien en la foscor, a penes il·luminada per la llum vermellosa.

Ombrívol avançava en silenci. De la roba xopa els queien a terra gotes d'aigua que ressonaven entre les pedres.

A Spica li costava creure que aquell lloc, excavat sota les pedres negres de l'illa, amagat al sol i al cel, en altres temps hagués estat habitat.

L'aire es va fer més suau i en el silenci es va concretar un so llunyà i indesxifrable.

–Aquest lloc fa venir esgarrifances... Creus que el fragment de l'Escut podria ser aquí? –va preguntar la noia.

–Potser. Hi ha alguna cosa, però... –Ombrívol sentia que les coses no serien tan senzilles.

–Què vols dir?

–Aquesta gruta no està abandonada. Les escales, les columnes, les esferes de llum... –va començar a explicar el noi, però de cop es va parar.

Va anar de poc que Spica no xoqués contra ell. Ombrívol va arrugar el front i va prémer més fort l'empunyadura de Verí. Va esperar.

Havia distingit alguna cosa que brillava més enllà. Era només un reflex? Va entretancar els ulls per veure-hi millor. El centelleig es va repetir, breu i intens, va vacillar un moment i es va apagar. Aleshores dues llums vermelles es van encendre.

Ombrívol es va estremir.

Ulls.

Ulls vermells vigilants davant seu.

Els dits de Spica van tensar l'arc platejat.

–No, atura't! –li va xiuxiuejar Ombrívol.

Inexplicablement, Verí no tremolava. Ell mateix tampoc no sentia perill; potser aquelles criatures, fossin el que fossin, no eren perilloses. Potser els deixarien passar.

Va avançar lentament pel passadís, pujant els esglaons

d'un en un. Els reflexos vermells van desaparèixer, però al cap d'un moment es van tornar a encendre, inquietants, primer poquets i després molts més.

–Però qui...? –va murmurar, confosa, Spica.

Només quan hi van ser a prop, els dos nois van descobrir de què es tractava. Eren les sargantanes vermellenques que havien vist només arribar a l'illa i que ara els observaven curioses.

–N'hi ha milers... Semblen... semblen dracs en miniatura! –va somriure, alleujada, Spica.

Van continuar pujant, i a poc a poc una lluminositat més difusa va començar a aclarir l'escalinata. El nombre de sargantanes era impressionant. Cobrien les parets i el sostre, lliscant les unes damunt les altres.

Ombrívol va sentir un calfred que li recorria l'esquena. Va accelerar el pas. La feble claror que hi havia davant seu es va fer cada cop més intensa, i una ràfega d'aire calent va confirmar que estaven sortint a la llum del dia. Feia olor de resina i de plantes verdes.

Havien arribat a dalt de tot de l'escala. Uns quants passos més i els va inundar la llum del sol.

–Ah, a la fi... –va començar a dir Spica, però no va poder completar la frase.

Un so va vibrar darrere seu.

Un soroll de pedres remogudes va fer tombar Cuatallada, que va aixecar les escates, desconfiat. No era Ombrívol.

Una criatura amb caputxa negra va sortir de darrere la roca on s'amagava i es va posar dreta. Entre les mans li brillava alguna cosa, la mateixa que en el passat ja havia espantat el drac. Ara Cuatallada la veia bé: era la punta platejada d'una llança.

El drac va bufar amb aire amenaçador i de cop i volta dues, tres, quatre ombres van sortir d'amagatalls invisibles i el van encerclar. Al seu voltant van brillar altres puntes de metall. Veient allò, Cuatallada va alçar el cap en posició de combat, les escates del coll ben dretes: l'horror de l'esclavitud a les terres dels orcs, que no havia desaparegut mai del seu cap, es va tornar a fer més viu que mai. Petits llamps van espurnejar entre els seus ullals.

Una de les criatures encaputxades va parlar. Era la veu feble i insegura que Cuatallada ja havia sentit.

El drac va xiular i va esbufegar nerviós. Aquesta vegada el desconegut no va retrocedir i va alçar la veu. Les llances es van moure gairebé totes alhora. Just en aquell moment, Cuatallada es va aixecar i va obrir la boca, rugint amb ferocitat i alliberant una violenta flamarada.

La seva curta cua va picar a terra i la meitat de les siluetes fosques van caure a terra. Una capa negra es va encendre, algú va ser ferit i, en la confusió que va seguir, Cuatallada va pensar una sola cosa: el seu cavaller, el seu únic amic, corria un gran perill en aquella illa!

Es va llançar damunt les figures encaputxades que l'amenaçaven amb les llances.

–Fora d'aquí! –va cridar algú, mentre amb un ràpid moviment de la cua el drac tombava un munt de pedres i les feia rodolar pel vessant de la muntanya. Va volar una fletxa, que va topar contra les escates blaves del drac com si fos un mur de granit. Cuatallada va rugir i les criatures, aterrides, es van allunyar i van desaparèixer entre les ombres de les pedres. Només una, potser ferida, es va quedar a terra.

Cuatallada se li va acostar amb un salt i la va mirar fixament, amb els seus ulls grocs magnètics i profunds, plens de ràbia, i els ullals entreoberts, preparats per descarregar un llamp.

La criatura va emetre un gemec escanyat.

–Ets un drac blau! Els dracs blaus no... no maten elfs! No els han matat mai. Què t'han fet perquè siguis tan ferotge?

La seva mirada es va detenir per un moment en les cicatrius de Cuatallada, les marques de les antigues tortures que li havien infligit els orcs.

El drac va deixar anar un grunyit feble i el seu alè calent va fer onejar la capa de l'elf, que va gemegar. La petita criatura va moure la mà a cegues, per recollir la llança que li havia caigut, però Cuatallada se li va anticipar amb un rapidíssim moviment de la pota. Va donar un cop al pal, que es va partir. La mirada del drac s'havia fet dura i gèlida.

L'elf tremolava. Cuatallada semblava a punt de devorar-lo quan un xiulet va vibrar en l'aire darrere seu. Un xiulet que el drac ja havia sentit en un passat molt llunyà. Aquell so va fer que girés el cap: al lloc d'on provenia va veure una ombra que s'esmunyia ràpidament entre les pedres.

Va grunyir, nerviós, amb la sensació que algú volia jugar amb ell. Quan es va girar de nou cap al seu presoner, l'elf ja no hi era.

Aleshores l'aire es va estremir amb un fort i escruixidor bram. D'un salt, el drac es va enlairar i va continuar donant voltes sobre l'illa, furiós.

En sortir a l'aire lliure, Ombrívol va aixecar la mà per protegir-se els ulls: la reverberació de la llum del sol era enlluernadora. Mentre intentava saber on era, va sentir un xiulet darrere seu. Eren les sargantanes: obrien i tancaven la boca fent una mena de cant gairebé ensordidor que pujava cap al cel. Spica es va veure obligada a taparse les orelles.

En aquell moment, de cua d'ull, Ombrívol va veure alguna cosa que es movia.

–No t'acostis! –va cridar a Spica per damunt del xiulet de les sargantanes. I, com si haguessin reconegut la seva veu, de cop i volta aquelles estranyes bestioles van callar.

Va ser aleshores que una veu dura i crispada va ordenar:

–Quiets, invasors!

Qui va parlar va ser una figura alta i encaputxada, vestida de negre, que ara els apuntava amb una llança molt llarga.

Spica va emetre una exclamació sufocada. Ombrívol va tancar una mica els ulls per distingir millor la figura a contrallum, però la capa negra la feia impenetrable.

–Qui sou? –va preguntar Ombrívol.

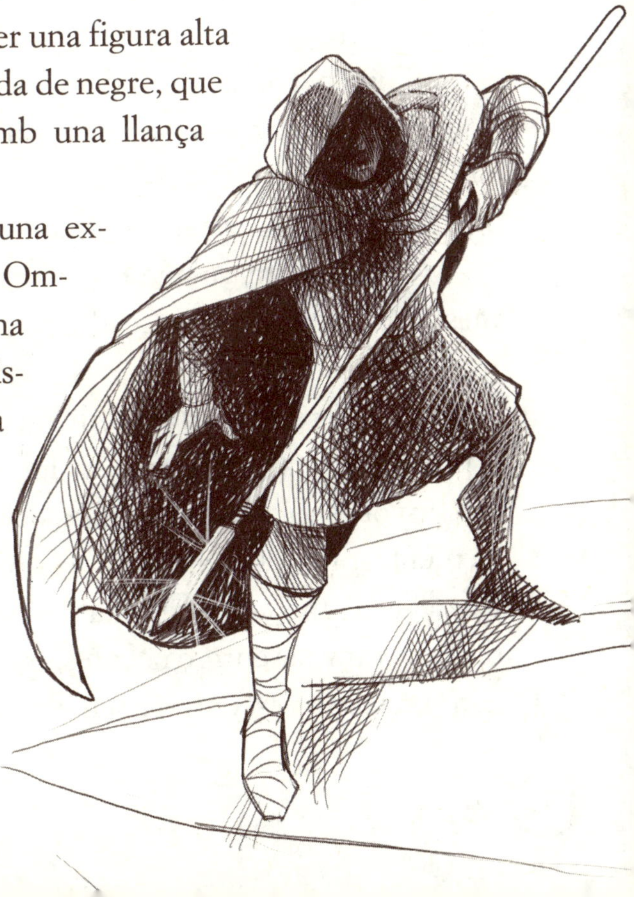

Darrere del desconegut es van moure més ombres. Semblaven elfs.

–Qui sou *vosaltres*? I com heu aconseguit arribar fins aquí? –va tronar la veu.

–Som aquí per dur a terme una important missió... una qüestió de vida o mort –va contestar Ombrívol.

–Quina mena d'*important missió*? –va preguntar la figura encaputxada.

–Som aquí en nom de... –va començar a dir, orgullosa, Spica.

–...d'una persona massa digna per revelar-la a un desconegut que ens apunta amb una arma! –la va interrompre Ombrívol.

Del grup es van alçar unes rialles apagades.

–Molt bé. Com vulgueu. Però ara lliureu-nos les armes! –va ordenar, amenaçadora, la veu mentre feia un pas endavant.

Just aleshores un terrabastall impressionant, semblant a una tempesta de llamps, va fer tremolar cel i terra. Ombrívol es va sobresaltar. Des dels temps en què s'havien enfrontat a l'arena dels orcs que no sentia bramar Cuatallada amb tanta ferocitat. Va fer un moviment instintiu per tornar enrere i contestar la crida del seu amic, però una altra veu darrere seu el va aturar.

–On vols anar?

La punta d'una llança es va acostar tant al coll de Spica que va témer que, fos qui fos, aquella gent no dubtaria a fer-la servir.

Ombrívol va analitzar ràpidament la situació: no podien fer altra cosa que rendir-se. Tres figures encaputxades sorgides de sobte del túnel bloquejaven l'única via de fugida.

–D'acord –va dir de mala gana, aixecant les mans.

–No ens podem rendir! –va protestar Spica–. Cuatallada...

–D'acord –va repetir ell, en veu baixa però amb decisió.

Després, va deslligar ràpidament el cinturó d'on penjava immòbil Verí i el va llençar a terra, davant mateix del desconegut. Spica es va treure l'arc i el carcaix.

Mentre se'ls enduien, lligats dels canells, Ombrívol es va tombar i va mirar l'entrada del túnel per on havien arribat.

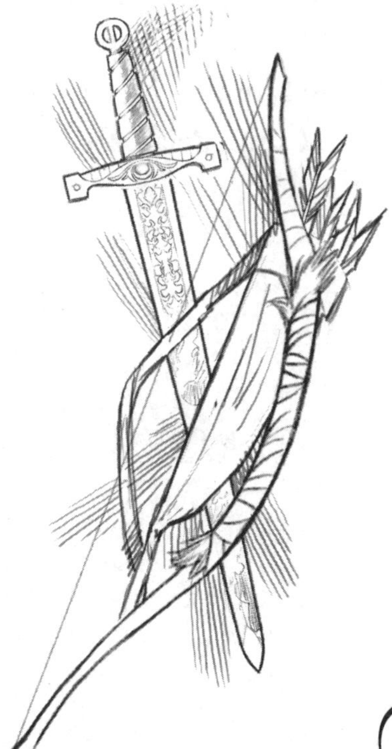

Des de fora semblava una mena de boca de drac esbatanada, amb els ullals formats per columnes negres i relluents per on corrien sargantanes vermelles.

Tot en aquella illa li semblava lligat als dracs blaus... Era possible que es tractés de la llegendària terra on niaven aquelles criatures ferotges?

N'hi havia parlat Estel·làrius, feia molt de temps. Però no; si fos així, aquells habitants serien els seus aliats, no pas enemics disposats a empresonar-los.

Ombrívol va pensar amb recança que ni Verí ni l'Anell de Llum no l'havien avisat.

Com havia predit Flordiana, estava sol.

SEGONA PART

ELS ELFS NEGRES

7
El Ventre de l'Illa

Els misteriosos elfs encaputxats havien conduït Spica i Ombrívol a una petita clariana entre les roques i ara discutien entre ells en veu baixa. Pel que semblava, no es posaven d'acord amb el que calia fer.

Spica va mirar al voltant. Darrere seu, entre els troncs dels arbres, s'entreveia encara el cap de drac d'on havien sortit, amb un munt de sargantanes vermelles que semblaven donar-hi vida.

L'estreta franja de cel damunt els seus caps brillava il·luminada pels rajos del sol, però l'aire càlid no era suficient per escalfar els dos nois, xops fins al moll de l'os després d'haver-se submergit en les aigües del llac salat. Ombrívol, però, no sentia fred: només era capaç de pensar en Cuatallada i en el seu rugit. Hauria volgut córrer on era per tranquil·litzar-lo... però no podia. Es va mirar les mans lligades i va sospirar.

–...ara són aquí –va sentir dir a un dels desconeguts.

–...en podrien arribar d'altres pel Camí del Drac, el perill és greu! –va intervenir un altre.

Ombrívol va mirar de retenir alguna part de la conversa, però l'encaputxat més alt, que devia ser el cap, els va mirar sota la feixuga caputxa i es va acostar.

–Vosaltres dos, anem! –va ordenar secament, estirant la corda a la qual estaven lligats Ombrívol i Spica.

L'elf misteriós avançava decidit pel camí de pedra, aturant-se només de tant en tant per assegurar-se que els dos presoners el seguien. Avançava tan ràpid que els nois amb prou feines podien aguantar el seu pas per aquell terreny accidentat. Van entrar en un laberint d'estretes galeries rocoses; un brunzit apagat impregnava les roques, com si l'illa respirés. Tot d'una, alguna cosa similar a un núvol molt veloç va enfosquir durant un moment la franja blava de cel damunt seu. El guia es va aturar. Un cop violent va sacsejar les roques i un rugit amenaçador va ressonar per tot el corriol. De sobte, les pedres al seu voltant es van balancejar i algunes van començar a desplaçar-se d'una banda a l'altra del camí, transformant la disposició del terra.

L'encaputxat es va aturar i va esperar, aparentment tranquil.

–Què passa? –va preguntar Spica, fascinada que no pas espantada amb aquell estrany ambient.

Però el desconegut no va contestar i només quan les pedres van parar finalment de moure's va reprendre la marxa a bon pas.

–On ens porteu? –es va atrevir a preguntar Ombrívol.

–M'esteu dient de debò que no teníeu ni idea d'on us portava el Camí del Drac? –es va decidir finalment a respondre l'encaputxat–. Ningú no el trobaria

sense saber-ne l'existència i ningú no s'aventuraria fins aquí sense una bona raó!

–De fet nosaltres *tenim* una bona raó –va rebatre Ombrívol. Aleshores, animat per aquell breu intercanvi d'impressions, va continuar:– Per què, aquest secretisme?

–Això no us importa –va dir sense contemplacions el desconegut. Aleshores es va aturar i va mirar inquiet el cel.

Una ombra va passar per sobre d'ells, enfosquint el sender durant un breu instant. Un altre soroll va ressonar a la llunyania a través de les pedres.

–Deixeu-nos anar i li ordenaré que pari –va dir Ombrívol.

Spica va mirar el seu amic, sorpresa.

Però el desconegut ho havia entès perfectament. Es va tombar i va clavar la vista en el jove.

–No esperis que t'ajudi –va dir–. El teu drac no ens trobarà. No pas on som ara, i encara menys allà on ens dirigim, noi.

Spica es va sobresaltar i va aixecar la mirada al cel: de debò aquella ombra fosca similar a un núvol era Cuatallada?

–Ni tan sols amb el seu llamp més potent podria fer

res per vosaltres –va continuar el desconegut–. Però estigues tranquil, aviat es cansarà de buscar-te.

–No, no es cansarà –va dir Ombrívol, segur. Si hi havia alguna cosa de la qual estava convençut era que Cuatallada donaria la vida abans d'abandonar-lo. I aquest pensament el consolava i alhora el preocupava.– Si no ens pot atrapar ni ajudar-nos, aleshores bé que ens pots dir on ens portes –va insistir Ombrívol–. No hi ha cap risc que puguem trobar el camí de tornada per aquest sender que canvia contínuament. Si més no sols.

L'encaputxat el va mirar bé un moment.

–Al Ventre de l'Illa. Ens dirigim allà. I ara, anem, que ja queda poc –va respondre, girant-se i tornant a caminar.

El Ventre de l'Illa... Només el nom ja inspirava por. Spica es va estremir.

Al cap de pocs minuts, el camí de pedres negres que els havia acompanyat fins aquell moment es va eixamplar i va oferir un espectacle que els dos nois no s'haurien imaginat mai que veurien en aquella illa.

Al fons d'un ampli i profund cràter, delimitat per una enorme tanca de pedres negres i fortificat per torrasses punxegudes, sobresortia un conglomerat de cases en pedra vista que alternava amb verds prats d'herba, palissades i arbres plens de fruits d'un morat intens. Des del punt on eren, Ombrívol podia veure el sender que baixava pel costat del cràter i s'endinsava entre les cases. S'assemblava d'una manera impressionant al poble de pescadors de l'Illa dels Cavallers, amb l'única diferència que aquí tot era ple de vida.

Tot de figuretes enfeinades anaven amunt i avall entre les cases, enmig de bugades esteses que s'eixugaven al sol. D'alguns habitatges s'aixecaven fumeres, i uns sons apagats indicaven que per allà treballava un ferrer. Aquí i allà prismes negres, semblants als que els dos nois havien vist al llarg de la costa, flotaven per damunt de les seves bases semiesfèriques, refulgint en la llum del dia..., una llum càlida i estranya, com si una capa de boirina cobrís el cim del cràter.

–És increïble! Un veritable poble d'elfs! –va dir Spica en veu baixa.

–Sí... d'Elfs Negres –va murmurar, astorat, Ombrívol.

La familiaritat que transmetia aquell lloc i el símbol amb la lluna i el sol encreuats que havia vist a la boca del túnel submarí li havien fet comprendre la veritat.

La noia li va prémer el braç. El desconegut encaputxat també es va girar per mirar-lo. Semblava incòmode.

–Per tant, jo tenia raó –va dir amb veu ronca, abaixant-se la caputxa i fent un gest als altres perquè anessin corrents a anunciar la seva arribada–. Sabíeu què hi trobaríeu, aquí –va afegir, deixant que el vent li despentinés els cabells negres i espessos. La seva cara mostrava una expressió severa.

La seva veu desconfiada va inquietar Ombrívol, que es va girar i per primer cop es va topar directament amb aquells ulls negres com la pedra de la qual estava feta tota l'illa.

Mentrestant, al poble s'havien aixecat veus d'agitació, i quan l'ombra de Cuatallada va tornar a passar bramant pel cel, per damunt dels seus caps, van ressonar crits de por. Tothom va córrer a amagar-se a les cases, mentre es tancaven portes i finestres.

–Per què fan això? –va gemegar Spica–. No som un perill! Si poguéssim tan sols parlar...

El desconegut la va mirar i va fer que no amb el cap, amb una rialla trista.

–La raó de tanta por és molt senzilla: feia molts anys que ningú no arribava a aquesta illa. I en aquests temps foscos, qui ve de fora sempre és un perill potencial.

–Però... –va objectar Spica, tossuda.

Ell no li va permetre acabar.

–Tingueu present una cosa: ningú que hagi arribat fins aquí amb males intencions no ha aconseguit mai abandonar el Ventre de l'Illa. Si sou amics com dieu, aleshores sereu acollits. Però si en canvi sou aliats de les bruixes, aquest és l'últim cel que veureu –va concloure amb expressió greu. Va callar i va continuar baixant cap al poble, duent al darrere els dos nois.

Ombrívol no es va atrevir a fer més preguntes. Tenia el cor ple d'emocions i de por alhora. Aquí era, doncs, on havia crescut el seu pare, on havia viscut abans de ser cavaller, aquests eren els carrers on devia córrer de petit... Vet aquí un altre fragment del seu passat.

I, probablement, vet aquí on s'amagaven el tercer fragment i el Secret dels Cavallers de què parlava Cortenaç en el seu diari.

8
Capanegra

Ombrívol i Spica van sentir com el cor se'ls encongia amb el silenci espectral que va acollir-los a l'entrada del poble. Les portes i les finestres barrades, els carrers deserts i aquell cel lletós creaven una atmosfera irreal.

Ombrívol notava com la por flotava pels carrers i enllà de les portes de fusta esculpides. Es va girar per observar el costerut sender per on havien baixat i es va adonar que alguns soldats vestits de negre no li treien els ulls de sobre. Els marges del profund cràter d'on sorgia el poble estava sembrat de llargues espitlleres de les quals sobresortien un munt de fletxes que apuntaven cap a ells.

Eren molts. S'havien hagut d'amagar fins que, un cop descoberts, s'havien vist obligats a mostrar-se.

Mentre travessaven les cases, Ombrívol va notar darrere d'un finestró dos ulls curiosos que l'escrutaven. L'Elf Negre que els guiava se'n va adonar i va estirar la corda perquè no afluixessin el pas.

El finestró es va tancar amb un grinyol i Ombrívol es va apressar.

–On ens portes?

–A la Boca de la Veritat –va respondre secament l'altre.

Ombrívol va fer una ullada a Spica, que caminava exhausta al seu costat.

–Veurem el vostre rei? –va preguntar ella.

L'Elf Negre es va mig girar, mirant-la per sobre una espatlla.

–Heu reconegut el nostre poble, però pel que sembla no coneixeu els Elfs Negres, estrangers. No tenim rei.

–El vostre cap, aleshores. Hem de parlar amb ell –va dir Ombrívol.

–Coneixereu el Savi, els dos Consellers i l'Assemblea quan, i *sempre que*, us vulguin veure –va ser l'única resposta que van obtenir.

Es van endinsar pels arbres d'un petit bosc i al cap d'uns moments van arribar fins a un edifici de pedra negra que semblava encastat al vessant de la muntanya. Van passar per una porta sense guàrdies, damunt la qual hi havia esculpida la sinuosa figura d'un drac, i van recórrer un passadís il·luminat amb esferes vermelloses idèntiques a les que ja havien vist; les parets també esta-

ven decorades amb imatges de dracs. A mesura que avançaven, la calor era cada cop més sufocant, i Ombrívol i Spica es preguntaven espantats què trobarien al final del passadís. Van anar a parar a una gran sala, amb un sostre de cúpula sostingut per columnes molt altes; unes amples escalinates semicirculars baixaven cap a la vora d'un precipici vermellós al mig de la sala, sobre el qual s'estenia un pont de metall.

L'elf els va conduir per les escales i després al llarg del pont: sota seu bullia un abisme de magma, d'on pujaven glopades d'escalfor que tallaven la respiració. Spica es va agafar fort al braç d'Ombrívol mentre mirava avall, impressionada.

A l'altra banda sobresortia un alt escenari amb tres trons de fusta negra esculpida, i als costats s'obrien dues portes negres com la nit. L'elf els va fer passar per una d'aquelles entrades. Una sobtada frescor va envair els nois, que poc després es van trobar en una sala fosca i plena de cel·les buides. Una finestreta a dalt deixava passar una claror apagada on suraven partícules de pols.

–Aquí esperareu el Judici –va dir l'elf mentre els tancava en dues cel·les diferents.

–I quan serà? –va preguntar Ombrívol, agafant-lo d'una màniga per impedir que se n'anés sense respondre.

–Quan ho decideixi el Savi.

–No tenim gaire temps –es va afanyar a dir Ombrívol–. Som aquí per una qüestió de vida o mort... Digueho al vostre Savi.

Els ulls negres de l'elf el van examinar.

–Sempre és qüestió de vida o mort, amb les bruixes!

–Tens raó, però no em preocupa tant la meva vida com la de les persones innocents, empresonades en un terrible encanteri.

L'elf es va desfer del braç sense respondre.

Ombrívol ja no sabia què més fer. A l'Illa dels Cavallers ja no li quedava gaire temps: com podia convèncer el desconegut que el Savi li havia de donar audiència sense perdre més temps? Amb un ràpid gest es va arrencar del coll el medalló amb el sol i la lluna que el seu pare li havia donat abans de l'enfrontament final amb Stria. Era l'únic que li quedava d'ell.

La mirada de l'Elf Negre es va glaçar.

–Com és que tens *això*? –va dir allargant la mà per agafar-lo.

Ombrívol es va apartar i va fer una breu ullada a Spica, que observava l'escena darrere dels barrots.

–Era... és del meu pare. Ell me'l va confiar i jo el conservaré fins que l'hi pugui tornar –va dir lentament, gairebé com si cada paraula li costés un esforç.

–Si teniu cor, escolteu almenys el que us hem de dir! Si perdem massa temps, moriran molts innocents! –va intervenir Spica–. I tampoc no hi haurà esperances per al seu pare!

Però els ulls negres de l'elf van continuar fixos en Ombrívol.

–Menteixes! –va dir amb els llavis premuts–. El teu pare? Com podria una criatura de cabells verds com tu, amb una estrella al front, ser un dels *nostres*?

–El meu pare va néixer en aquesta illa, jo no. La meva mare era una Elfa dels Boscos i jo vaig créixer al Reialme dels Estelats. El lloc d'on també prové ella –va dir assenyalant Spica.

El front de l'Elf Negre es va arrugar encara més.

–El fet que diguis que coneixes els antics reialmes i els seus habitants no demostra res. Podries haver aconseguit aquest medalló de moltes maneres, amb l'engany i la traïció. I de la mateixa manera, probablement, t'has apoderat d'aquesta armadura de cavaller –va afirmar.

–Va ser Flordiana qui ens va enviar aquí! Ella el va

nomenar cavaller després de vèncer Stria! –va esclatar Spica.

–*Vèncer Stria!* –va riure amargament l'Elf Negre–. Qui em diu que no m'esteu mentint? Nosaltres no ens podem arriscar. Les conseqüències serien massa greus per a tots nosaltres... i per a molts d'altres.

–Però estem dient la veritat. Com et puc convèncer? Mira la meva espasa i l'arc de Spica! L'espasa era del meu pare: és una Espasa del Destí, i a l'empunyadura hi ha el seu monograma, la C de Cortenaç. No es deixaria empunyar per ningú que no fos de la seva mateixa sang o a qui no hagués estat lliurada pel seu cavaller! I l'arc, l'hi va donar Flordiana en persona a Spica.

L'elf va mirar amb atenció el medalló. Semblava que el nom de Cortenaç, en comptes de convence'l, encara l'hagués crispat més.

–L'única manera de persuadir-me és si superes la prova de la Boca de la Veritat. Fes-ho i et creurem, però fins aleshores... –va prosseguir amb fredor– ...el Mal té moltes cares. La mentida n'és una.

Ombrívol el va agafar un altre cop de la màniga i li va allargar el medalló.

–Pren-lo, tant se val com et diguis. Ensenya'l al Savi. Explica-li tot el que t'hem dit i demana-li que ens escolti abans que es faci de nit. El destí de l'Illa dels Cavallers dependrà d'això.

L'elf va arrufar les celles.

–Ningú de nosaltres no deixaria així com així el seu medalló, noi.

–No l'estic deixant. Me'l tornaràs –va dir Ombrívol.

L'elf va estirar la mà i va agafar el penjoll.

–No sé si acceptaran que un estranger que acaba d'arribar els dicti el que han de fer –va murmurar.

–Només demano que em sotmetin a la prova de la Boca de la Veritat tan aviat com sigui possible, no pas que no la vulgui afrontar –va rebatre ell.

–Quin perill hi pot haver a escoltar el que us hem de dir? –va afegir Spica.

L'elf la va mirar dubitatiu i mentre guardava el medalló a la butxaca va tornar a escrutar Ombrívol, com si tractés de reconeixe-hi algú.

–No sé si el que dius és cert, però si més no, noi, tens valor, ho he d'admetre. Parlaré amb el Savi. La veritat no ha fet mai mal a ningú.

Després, amb un ràpid moviment, l'Elf Negre va desaparèixer en la foscor de la sala.

Els seus passos van ressonar cap a la sortida, però de sobte es van aturar.

–Em dic Capanegra –va dir–. I tornaré aviat, per dirvos què han decidit.

–L'hem de matar! –va exclamar un dels elfs de la capa negra–. Una mica més i mossega Maferma!

–Estava a punt de devorar-lo! –va donar-li la raó un altre, tremolant.

–No havia vist mai un drac blau tan furiós –va observar un altre.

Fora de la Sala de la Boca de la Veritat, sota les plantes de fulles negres, s'hi havien reunit molts Elfs Negres.

–Perquè no t'has trobat mai un drac salvatge mort de gana! –va balbucejar algú, a l'ombra d'un arbre.

Però el seu veí va fer que no amb el cap.

–Aquí no es tractava de gana sinó...

–On és ara Maferma? –el va interrompre una altra veu, forta.

–A la infermeria, juntament amb la filla de Capanegra. El cop que ha rebut gairebé li ha destrossat la cuirassa; tenia un tall al front i segur que alguna costella trencada.

–Què se li havia ficat al cap de fer? –va tronar de sob-

te una veu des de l'espessor del bosc. Capanegra va aparèixer davant dels elfs que s'hi aplegaven.– M'equivoco o jo havia ordenat als aprenents que no sortissin del cràter i que no s'acostessin a aquell drac?

Es va fer un silenci incòmode.

–I doncs? És que potser us heu empassat la llengua? Que algú em digui què ha passat! –va ordenar.

–Maferma ha fet una incursió a fora i ha mirat d'acostar-se al drac –va respondre l'elf recolzat a l'arbre, sospirant–. Estava amb els altres aprenents i de poc que no hi deixa la pell. Per sort, Vistaguda hi ha intervingut, distraient la bèstia a temps amb un dels seus xiulets encantats.

–Aquell drac és perillós! –va dir un dels presents.

–I ara encara està més furiós –va afegir un altre–. Si s'acostés massa i trobés la manera de superar la protecció màgica creada per les torres que envolten el cràter, l'única solució seria abatre'l.

–Ha comprès que ens amaguem en la muntanya i gràcies a la fanfarronada de Maferma ara pensarà que som enemics.

–És una bèstia salvatge! –va cridar algú.

Capanegra va prémer els dits sobre el medalló d'Ombrívol, que guardava a la butxaca, i va negar amb el cap.

–Potser. O potser, senzillament, és fidel –va murmurar.

–Fidel?

–Què vols dir?

–Vull dir que mentre pensi que el seu cavaller està atrapat aquí, en perill, el buscarà, si cal al preu de destruir l'illa sencera.

Un silenci carregat d'estupor va acollir les paraules de Capanegra.

–Cavaller?

–Ens estàs dient que el noi realment és el seu cavaller? Saps que això no és possible! Els cavallers estan tots morts!

–O transformats en pedra! –va afegir un altre rondinant.

–I és massa jove!

–És jove, sí, però tampoc no tant –va replicar Capanegra–. I potser no tots els Cavallers de la Rosa estan morts o petrificats. I, en qualsevol cas, aquell drac ja ha escollit el seu cavaller. I sabeu tan bé com jo que només a ell, s'ho mereixi o no, donarà la seva lleialtat i la seva vida.

–Els nois diuen que té senyals de tortura al cos. Les bruixes potser el van obligar a servir-les i el noi podria ser un aliat d'elles!

–Cap drac mostraria mai un lligam tan fort amb algú que li hagués fet mal. Jo també els he vist, aquests senyals. Podrien ser també senyals de batalles: tots vosaltres sabeu que els dracs blaus són combatents formidables.

Just aleshores, Cuatallada va tornar a passar per sobre de la muntanya, formant amplis cercles en l'aire. L'elf va prémer els llavis: sabia que el noi dels cabells verds tenia raó. El drac no es rendiria. Havia de resoldre de pressa el problema.

–Ara no tinc temps per ocupar-me del càstig que aquests joves aprenents es mereixerien. Han estat imprudents i amb la seva temeritat han posat en risc la vida de tots nosaltres... i la d'aquest drac –va afegir en veu més baixa, allunyant-se ràpidament.

–On vas?

–On he d'anar. Sense esperar ni un segon més –va cridar Capanegra sense girar-se.

I va desaparèixer cap a la casa del Savi.

9
La Boca de la Veritat

Assegut a la seva cel·la, amb el cap repenjat als barrots, Ombrívol va mirar com els últims instants del dia desapareixien per la finestreta. Va sospirar. De tant en tant se sentia el rugit de Cuatallada que retrunyia damunt d'ells.

–Ja veuràs com ens trobarà –va dir Spica, llegint la ment del seu amic.

Ombrívol va fer que no amb el cap, amoïnat.

–Però com? Aquest cràter està encerclat per un potent encanteri: quan vam passar per sobre l'illa no el vam veure, recordes? La muntanya ens va semblar plana. Era com si no *poguéssim* veure...

–Màgia de fades? –va preguntar Spica, caminant amunt i avall per la cel·la.

–Crec que sí –va assentir Ombrívol–. I si fos així, és probable que ens trobem enmig d'amics.

Un altre estrèpit desesperat va ressonar al cel.

El noi va sacsejar el cap.

–Espero que no li hagin fet mal i que ell no n'hagi fet a ningú. Aquesta gent no sembla malvada, però Cuatallada pot ser molt perillós.

–Malvada, no, però sí molt desconfiada: ens han rebut com si fóssim criminals, ens han lligat i ens han ficat a la cel·la sense que haguéssim fet res de dolent –va balbucejar Spica, passant les mans per les marques de les cordes als canells.

–No podem oblidar què va passar a l'Illa dels Cavallers. Tenen bones raons per témer els estrangers.

Ombrívol va tancar els ulls i va intentar pensar en Cuatallada. Al seu cap va sorgir la imatge d'una mà forta i segura recolzada al morro del drac, en un temps que semblava molt llunyà. Era la mà del seu pare Cortenaç, el dia en què, abans de partir cap al castell de Stria, Ombrívol li havia permès de volar damunt de Cuatallada. Sense saber que era el seu pare, creient simplement que deixava el seu amic drac en mans d'un cavaller expert i valent. Per què Cortenaç no li havia dit aleshores qui era?

Un altre bram escruixidor va ressonar per sobre el cràter de la muntanya i Ombrívol va mirar a fora de la fosca finestreta, enlaire, com si esperés poder veure el seu amic. Però no va veure res. Va tornar a tancar els ulls, deixant-se endur per aquell so tan familiar. Li va

venir a la ment la primera vegada que l'havia cavalcat, al Reialme dels Orcs, allà on havia nascut la seva amistat i on tots dos, sols i lluny de tot, havien hagut de confiar l'un en l'altre.

De cop i volta va notar com una opressió al pit i li va semblar, com ja li havia passat, que sentia el mateix que ara sentia Cuatallada. Ombrívol percebia la seva confusió, així com la por i la ràbia creixents. Estava com ensalvatgit, com si hagués tornat de sobte al dia en què s'havien vist per primera vegada. Tota la tristesa i la solitud del drac li van esclatar a dins; Ombrívol es va sentir envaït pel dolor i l'angoixa, arrossegat per una força invisible, i es va haver d'aferrar als barrots per no caure. L'Anell de Llum va dringar contra el metall, que es va glaçar immediatament.

La veu de Spica va despertar Ombrívol d'aquella estranya sensació.

–Què passa?

L'elf va obrir els ulls, mentre un dolor punyent li oprimia les temples.

–Si no trobo la manera d'avisar Cuatallada, arrasarà l'illa. He sentit la seva ràbia –va dir panteixant.

–Si pogués arribar aquí... –va començar Spica.

–Aquí? –va repetir una veu a l'ombra–. Si el vostre drac descobrís el poble l'hauríem d'abatre: és això el que voleu?

–Cap de vosaltres no seria capaç de fer mal a un drac blau! –va exclamar Spica.

Una esfera vermellosa es va encendre i el rostre de Capanegra va aparèixer davant seu.

–N'estàs segura? Els dracs també moren, com totes les altres criatures. Són forts i tenen vides llargues, però batalles i crueltats n'han matat molts.

La noia va aferrar els barrots i va mirar Ombrívol amb desesperació. El rostre cansat del noi es va tornar més seriós.

–Què li ha passat, al drac? –va preguntar. L'estrella al seu front va brillar.

L'Elf Negre va semblar impressionat per aquella lluïssor.

–Alguns dels nostres han intentat acostar-s'hi.

–Anaven armats? –va preguntar Ombrívol.

Capanegra va assentir i ell va serrar les dents.

–He de poder calmar-lo o acabarà fent mal a algú! Si coneixes els dracs, com sembla, deixa'm sisplau que el vegi o posarem en perill la teva gent –va exclamar el noi.

–La meva gent no és potser la teva, també, si com dius ets el fill de Cortenaç?

Ombrívol anava a respondre, però Capanegra va bellugar el cap.

–Estalvia't les paraules. Ja sé que el que dius és veritat.

En la mirada d'Ombrívol va brillar una espurna d'esperança.

–Ens ajudaràs? –va demanar.

–Ja us he ajudat. Només hi havia una cosa que podia fer i l'he feta –va dir Capanegra–. Aquesta nit fareu la prova a la Boca de la Veritat.

–I després em portaràs on és Cuatallada? –va preguntar Ombrívol.

Per alguna raó, Spica va tenir la impressió que la mirada de Capanegra se suavitzava.

–Sembles convençut que superaràs la prova, i així ho espero –va dir l'Elf Negre, mentre s'acostava a les cel·les i les obria–. Veniu, que sigui el que ha de ser.

I, sense lligar-los, els va conduir pel passadís per on havien vingut.

Cuatallada estava confós. La muntanya negra que veia sota seu tenia alguna cosa estranya i misteriosa.

Ombrívol era allà baix, juntament amb la noia, i molt probablement en perill. Però era com si hagués desaparegut: el drac ja no sentia el batec del seu cor.

Aquelles petites criatures, els elfs que havien tingut la presumpció d'atacar-lo, probablement havien atacat també el seu cavaller. Aquelles llances relluents li havien despertat antics malsons d'esclavitud i tortures. No acabaria dins de cap gàbia! Però tampoc no se n'aniria sense Ombrívol.

La nit queia molt ràpid. Cansat i enrabiat, el drac va aterrar en una de les negres pedres voladores que semblaven rodejar l'illa formant una mena de recinte. L'electricitat de l'aire el va tranquil·litzar una mica, però no dormiria. No es podia deixar sorprendre. De bon matí continuaria la recerca.

Lentament es va cargolar i es va replegar en les ales, deixant només el cap a fora. Va mirar el mar, va aixecar els ulls i va veure una estrella que brillava intensament al cel. Feia una llum clara i centellejant com la del front del seu cavaller, però era massa llunyana per poder-lo consolar. Durant una bona estona es va quedar en silenci, escoltant el vent i les onades, i, finalment, mirant l'estrella, va dreçar el seu llarg coll i va emetre un crit de dolor tan agut que l'illa sencera va semblar que trontollava.

Capanegra i els dos nois van arribar a la gran sala semicircular amb un escenari. Però aquesta vegada, aquell estrany espai estava ple de gent, rostres desconeguts il·luminats pel reflex del magma incandescent que bullia al precipici que hi havia al bell mig: la Boca de la Veritat. Fogonades tremoloses de vapor pujaven fins al capdamunt del sostre de cúpula, on s'obria un forat.

Ombrívol va agafar la mà de Spica en la seva i la va estrènyer fort. El pont de ferro havia estat desplaçat. Ja no creuava tot l'estimball, sinó que acabava damunt d'una petita plataforma de roca, suspesa en el no-res al centre de l'abisme de foc.

Capanegra els va fer senyal que avancessin i els va conduir fins davant mateix de la tarima amb els tres trons, on seien dos elfs. Un vell amb els cabells platejats i els ulls foscos, que devia ser el Savi, i una elfa amb expressió seriosa i una cabellera negra com el carbó, amb una llarga cicatriu a la cara, que probablement era un dels dos Consellers.

Capanegra els va fer un lleu gest amb el cap i es va acostar al tercer tron, però no hi va seure. Per tant, ell era l'altre Conseller.

–Davant dels Elfs Negres es presenten per a la prova

de la Boca de la Veritat dues criatures del Regne de la Fantasia –va anunciar.

La seva veu va ressonar clara en el silenci de la sala.

Aleshores, el vell elf es va aixecar i va preguntar:

–Accepteu la nostra condició que us hi presenteu junts? Que la mentida i la veritat de l'un serà també la de l'altre?

Ombrívol i Spica van assentir i van respondre amb veu ferma:

–Sí.

L'ancià els va observar amb ulls severs i l'elfa de la cicatriu al rostre els va examinar amb aire desafiador.

–Que comenci la prova, doncs. Capanegra... –va cridar el vell.

Amb una breu reverència, l'elf va baixar de la tarima, va conduir els nois pel pont de metall i els va fer pujar a una pedra voladora a sobre del precipici de magma.

–En què consisteix la prova? –va preguntar Ombrívol. La calor que s'alliberava del cràter obert li cremava el rostre.

–Se us faran unes preguntes. Digueu la veritat i no tindreu res a témer –va respondre l'elf, i a continuació va fer un pas enrere i amb expressió greu i preocupada va afegir:– Parleu en veu alta i ferma i recordeu que, sigui qui sigui dels dos que vulgui contestar, la resposta de l'un serà la de l'altre. Com també les conseqüències d'aquesta resposta. Qui de vosaltres, doncs, parlarà sobre la Boca de la Veritat? –va preguntar tot seguit en veu més alta, mirant fixament Ombrívol als ulls.

El jove es va empassar la saliva i va mirar Spica.

–Jo –es va oferir, notant el lleu somriure als llavis d'ella.

Capanegra va assentir, com si ho aprovés, es va girar i va recórrer en sentit contrari el pont, aleshores va estirar una palanca i l'estructura de metall es va moure lateralment, aïllant la pedra on es trobaven Ombrívol i Spica. La plataforma rocosa es va balancejar lleument, però era prou grossa per proporcionar un bon suport.

Spica es va agafar al braç d'Ombrívol i va mirar sota seu. Altres fragments de roca, més avall, continuaven suspesos enmig de la calor sufocant d'aquell lloc.

–No miris... no miris avall –li va dir ell, tractant de donar-li forces a ella i també a ell mateix.

Capanegra va arribar al seu tron i s'hi va asseure. El vell, en canvi, es va quedar dret: Ombrívol es va sentir examinat per la seva mirada penetrant.

–Que comenci la prova. Que la Veritat surti victoriosa d'aquesta sala com ha estat sempre fins ara! Que la llum il·lumini les mentides! –va tronar.

Els Elfs Negres que omplien les graderies darrere dels

nois van aplaudir fins que l'ancià elf va aixecar una mà per demanar silenci.

–Com us dieu i d'on veniu? –va preguntar.

Ombrívol va respirar fondo. L'aire era tan calent que li va cremar la gola.

–Em dic Audaç, però qui em coneix bé em diu Ombrívol –va dir esforçant-se a continuar amb veu ferma–. La noia que m'acompanya és Spica, del poble dels Elfs Estelats. Jo, en canvi, pertanyo a molts llocs. Vaig néixer al Reialme dels Boscos, però el meu pare era un dels vostres i jo vaig créixer al Reialme de les Estrelles. La meva pàtria és el Regne de la Fantasia –va afegir amb el cor que li martellejava al pit.

Tot just acabar de parlar, una de les pedres que flotaven a sota es va aixecar i es va aturar amb un moviment lent al costat de la roca on es trobaven els dos nois.

–Sembla una mena de camí –va murmurar Spica, estupefacta.

–Poseu-vos a sobre la llosa. Si heu dit la veritat us sostindrà, si no, us precipitareu al mar de foc juntament amb les vostres mentides –va dir el vell elf amb expressió severa.

Ombrívol es va empassar la saliva i, tot seguit, amb pas segur, va passar amb Spica a l'altra pedra, que es va balancejar lleument però mantenint-se en equilibri, mentre la roca que fins aleshores els havia aguantat va descendir a les profunditats d'aquella cavitat incandescent. Un sospir angoixat va travessar la sala.

–Què us ha portat fins aquí? –va preguntar el vell.

–Una petició de la Reina de les Fades: salvar l'Illa dels Cavallers, petrificada pel poder malvat de Stria.

Hi va haver un estremiment en la multitud i alguns murmuris de sorpresa.

Una altra pedra es va separar del fons de la Boca de la Veritat i va surar davant seu. Els nois s'hi van desplaçar. Entre la gentada que hi havia a les grades es van sentir més murmuris.

–Salvar l'Illa dels Cavallers? Com ho penseu fer? I com és que la Reina Negra no us ha impedit d'arribar fins aquí? –va preguntar amb veu retrunyent l'ancià.

–Stria va ser derrotada –va contestar Ombrívol–. El seu castell va ser destruït i els esclaus alliberats.

–Si això que dius és cert, camina per la pedra! –va exclamar algú darrere seu.

Un cop més, una pedra voladora es va acostar a la dels nois, que hi van pujar sense caure en l'abisme. Aleshores, els aplaudiments i els crits d'alegria van esclatar en l'aire saturat d'escalfor. Spica va riure dintre seu: si la notícia de la derrota de Stria feia feliç aquella gent, aleshores era gent veritablement amiga, com havia dit Ombrívol.

–Qui la va derrotar? –va preguntar el Savi, sense poder amagar la sorpresa.

–Una aliança de pobles, gnoms, elfs i nans, una forta amistat i un mag, juntament amb un poderós drac blau alliberat de l'esclavitud dels orcs –va respondre Ombrívol.

Un altre pas el va apropar a la salvació.

–Si és cert que Stria va ser morta, per què l'Illa dels Cavallers encara està petrificada?

–Stria va ser derrotada, però no està morta. Per això el poderós encanteri de petrificació no s'ha desfet: el son en què va caure la Reina Negra l'ha fet etern. L'única manera de fer tornar l'Illa a la vida és reconstruint l'Escut dels Cavallers, que es va trencar el dia en què el general Altamar va trair el seu jurament per unir-se a Stria.

Ara, el públic estava esvalotat; l'ancià va haver d'alçar les mans per demanar silenci un altre cop. Una altra pedra va pujar del fons dels abismes i Ombrívol i Spica hi van passar, esperant una nova pregunta.

Però el vell va seure i va dir:

–Portes moltes notícies, jove elf. Allò que volia preguntar ja ho he fet. Si la Reina de les Fades us ha escollit, m'inclino davant de la seva voluntat. Si algú més vol fervos preguntes, que ho faci i sabrà la veritat.

En aquell moment, l'elfa que tenia al seu costat es va posar dreta i amb veu ferma va preguntar:

–Com és que heu trobat la nostra illa? I amb quin encanteri heu descobert el Camí del Drac, que condueix a les portes de les nostres cases?

–Marea, la fada dels Mars Orientals, ens va mostrar la vostra illa, i també ens va indicar el túnel sota l'aigua –va dir Ombrívol, guanyant un altre pas.

–Sou aquí per fer mal a la nostra gent? –va tornar a preguntar ella, amb els ulls flamejants.

–No. Som aquí per ajudar els innocents –va replicar Ombrívol.

L'elfa va fer un pas enrere i va tornar a seure en l'ombra.

Ombrívol va flaquejar un moment. Spica, exhausta, s'agafava al seu braç amb la força de la desesperació. Estaven cansats i la calor insuportable d'aquell lloc ho feia tot més difícil.

Però la prova encara no s'havia acabat. Ara va ser el torn de Capanegra.

–Has dit que ets fill d'un Elf Negre i que en vas heretar la teva Espasa del Destí. Qui era ell? –va preguntar, mirant cap al vell.

–El meu pare encara està viu, però malauradament va ser petrificat per Stria el dia en què la vam derrotar. Es diu Cortenaç.

En dir aquell nom un crit es va elevar del públic. Ombrívol es va girar però no va poder esbrinar d'on procedia. Tots els rostres li semblaven iguals.

Una altra plataforma de pedra es va balancejar davant de la pedra en què Spica i ell es trobaven, i Ombrívol amb prou feines va poder mantenir l'equilibri.

Capanegra es va quedar quiet, amb la cara pàl·lida.

–I digue'm, abans de fer l'últim pas: el drac que des de fa dies sobrevola aquestes terres... a qui de tots dos ha seguit? Com l'heu convençut, si les cicatrius que desfiguren la seva pell són degudes realment a tortures dels orcs? Va ser potser la màgia de Flordiana la que li va permetre recuperar la confiança?

Ombrívol va mirar l'elf, però la seva figura se li va aparèixer borrosa i confusa. No podria resistir gaire estona més aquella calor espantosa, però va parpellejar mirant de mantenir la lucidesa.

–Cuatallada m'ha seguit a mi, no sé per quina raó.

Potser perquè el vaig alliberar, o perquè havia estat l'única criatura fins aquell moment que, tot i disposar d'una arma, no l'havia fet servir en contra seva. Els orcs el feien combatre contra altres dracs. Ell em va ajudar contra Stria sense demanar-me res a canvi si no amistat i respecte, i jo li dec la vida. Deixeu-me que li parli i es calmarà. No li feu mal!

En aquell moment l'última pedra es va aturar davant dels dos nois i els va donar la possibilitat d'atènyer la vora de roca sòlida. Ombrívol i Spica van fer un últim i feixuc pas. Després, extenuats, van caure a terra. En la boirina que els va embolcallar la ment, a Ombrívol li va fer la impressió que sentia un rugit desesperat i llunyà.

Va tancar els ulls i es va sentir defallir.

10
TROBADES I REVELACIONS

Ombrívol es va despertar poc abans de l'alba, en un llit de plomes suaus. El crit desesperat de Cuatallada encara li ressonava a les orelles com un malson.

Es va voler incorporar, però va notar que una mà li tocava l'espatlla. Veure a la pàl·lida llum de la llàntia la cara de Capanegra li va fer recordar tot el que havia passat el dia anterior.

–És hora de marxar –va dir en veu baixa l'Elf Negre.

El lament del drac es va apagar en la foscor i de sobte Ombrívol es va adonar que no havia somiat.

–Cuatallada! –va murmurar, i d'un salt es va alçar immediatament.

Capanegra li va allargar la mà. Alguna cosa va brillar al seu palmell.

–Això et pertany.

Ombrívol es va trobar entre els dits el medalló del seu pare i va assentir, alleujat.

Per tant, l'havien cregut!

Va ficar el medalló sota la túnica i va preguntar amb veu ronca:

–On som? Què ha passat?

Un lleu tremolor de la llàntia va il·luminar un llit arrambat a la nua paret de pedra, i el rostre de Spica, immers en el son, es va tenyir d'or. La noia es va regirar i es va tapar la cara sota les mantes.

Capanegra va fer un gest a Ombrívol i el va conduir fora de l'habitatge, tancant la porta darrere seu.

–Aquesta és casa meva. Heu superat la prova i ara sou lliures –va dir–. He promès que us ajudaria amb el vostre drac i per fer-ho t'hauré de conduir a fora del cràter.

Capanegra va indicar al jove elf una taula de fusta parada.

–Deus tenir gana. Serveix-te tu mateix.

Just aleshores un altre grunyit llunyà va fer sobresaltar el noi, que es va posar rígid.

–Val més que anem... –va dir.

–Primer menja i beu, i després anirem a buscar el teu Cuatallada. Necessites recuperar forces.

Ombrívol va dubtar, però va haver d'admetre que Capanegra tenia raó. Va seure al banc i va esmorzar.

–On és? –va preguntar entre un mos i l'altre, mentre l'Elf Negre col·locava damunt la taula Verí, que havia tret d'un bagul tancat amb clau al costat de la porta.

–Cap al sud de l'Illa de la Lluna Creixent, a prop de la pedra voladora més alta, que anomenem la Torre. Des d'allà pot controlar el territori. S'ha passat la nit mirant les estrelles reflectides al llac salat, fent-te crides.

–L'Illa de la Lluna Creixent? –va preguntar Ombrívol.

–Sí, és un dels molts noms amb què anomenem aquesta terra. L'has vist des de dalt: té la mateixa forma –va respondre Capanegra.

–Trigarem molt a arribar on és Cuatallada? –va preguntar el jove.

–No gaire. Hi arribarem abans que es faci de dia, aprofitant alguns passatges amagats al vessant de la muntanya.

Ombrívol va beure un llarg glop d'aigua fresca, i de seguida es va reanimar.

–O sigui que hi ha més d'una manera d'arribar al Ventre de l'Illa? –va preguntar.

–Sí, n'hi ha moltes, i totes estan molt ben protegides –va respondre Capanegra–. Amb el temps hem construït nombrosos senders i vies per escapar. La majoria són secrets. Ni tan sols la gent que viu aquí coneix tots els passatges si no forma part de les Capes Negres.

–Les Capes Negres?

–Els guàrdies de l'illa.

–Els Elfs Estelats i els Elfs dels Boscos també tenen guàrdies i fortaleses, però no havia vist mai enlloc una protecció tan extraordinària... L'illa era invisible abans que la fada ens la revelés. És per poder-vos amagar de les bruixes? –va preguntar Ombrívol.

El rostre de Capanegra va brillar amb una llum d'orgull i de dolor.

–Sí, però no només per això, jove Audaç. Aquesta illa sempre ha estat així; només els llamps la revelen. És l'illa que es protegeix a ella mateixa i el seu secret, diuen alguns. Molts ho anomenen màgia, d'altres naturalesa; per a mi és el mateix. Els habitants de l'illa s'amaguen així des que hi habiten. No és un lloc fàcil per viure i, malgrat tot, per a nosaltres que vivim aquí des dels temps més remots és el lloc més bonic del Regne de la

Fantasia. I ara agafa la teva espasa i anem. Tens un company que t'espera.

Ombrívol va obeir, es va lligar Verí a la cintura, va donar un cop d'ull a la casa on encara dormia Spica, serena, i va seguir Capanegra pel camí que duia fora del poble, cap a les torres de guaita.

Ombrívol no havia vist mai una fortalesa com aquella: semblava que les torres, les escales, cadascuna de les estances, estiguessin excavades a la roca viva. Va seguir Capanegra a través de passadissos gairebé deserts, recorreguts només per guàrdies que saludaven l'Elf Negre com es fa amb un capità, fins que van arribar dalt d'una torre.

Fent servir una clau que tenia lligada a la cintura, Capanegra va obrir una de les portes que conduïa a l'exterior i va sortir sota un cel rosat que ja anunciava l'alba.

Ombrívol va entretancar els ulls. Al cel brillaven les últimes estrelles.

–Quin secret amaga l'illa? –es va decidir finalment a preguntar, inspirant a plens pulmons l'aire que feia olor de salabror.

–Els dracs. Els dracs blaus són el seu secret. Em pensava que ja ho hauries endevinat –va dir Capanegra.

Ombrívol es va quedar bocabadat.

–Un dia Estel·làrius em va parlar d'una terra lligada als dracs blaus... –va murmurar com si parlés per a ell mateix.

Abans, però, que pogués fer més preguntes, l'Elf Negre es va esmunyir darrere unes roques i es va atansar a un dels soldats de guàrdia.

–Com va tot? –va preguntar en veu baixa.

–No m'hi he acostat, com m'havíeu ordenat. Ha continuat lamentant-se, però no s'ha mogut –va contestar el guàrdia.

El noi va mirar al seu voltant, buscant Cuatallada. Va sotjar des de darrere d'unes pedres negres i va veure les escates de Cuatallada que brillaven feblement en la claror de primera hora. El drac estava cargolat al capdamunt d'un sortint rocós. Ombrívol va somriure d'alegria: el seu amic estava bé!

Amb un moviment ràpid, sense que Capanegra se n'adonés, va sortir de l'amagatall fent un salt.

Va ser només qüestió de segons.

Cuatallada el va veure, va fer un bram escruixidor i es va llançar cap a ell. Tot va tremolar.

Uns subtils llampecs de llum blava van espetegar al seu voltant, i un reguitzell de pedres i estelles negres es van aixecar del terra.

Darrere seu, Ombrívol va sentir ressonar crits d'alarma inconnexos.

Spica es va despertar amb la llum de l'alba que tenyia el cel d'un rosa pàl·lid.

Estava en un llit, entre mantes suaus que feien olor de bugada, i per un moment, com en un somni, va pensar que era a casa. Només que hi havia alguna cosa estranya... La gola seca i una gana creixent li van fer tornar a la ment els fets del dia abans.

D'un salt va seure al llit i es va topar amb quatre ulls oberts de bat a bat davant seu. Dos, rogencs i lluents, pertanyien a una sargantana vermella; els altres dos, de color obsidiana, eren els que, curiosos, l'havien espiat a ella i a Ombrívol quan entraven presoners al poble, i pertanyien a una jove elfa de deu anys que ara la mirava amb expressió d'impaciència.

–Finalment t'has despertat! –va exclamar somrient i fent fora la sargantana del llit.

Spica la va mirar encuriosida.

–Bon dia! –va fer parpellejant.

La noieta es va presentar:

–Em dic Vistaguda.

–Jo sóc Spica –va contestar ella, amb la veu ronca.

La petita elfa va esclatar en una rialla alegre.

–Ho sé. Ho vau dir ahir a la prova –li va recordar amb expressió múrria.

Spica va somriure. La noieta li recordava la seva amiga Robínia, però, a diferència de l'Elfa dels Boscos, tenia els cabells arrissats ben curts i despentinats.

–On sóc? I on és Ombrívol? –va preguntar mentre baixava del llit.

–Vols dir Audaç? Oh, no t'amoïnis, és amb el meu pare –va dir la noieta.

–El teu pare?

–El Capanegra.

Spica va tornar a visualitzar el rostre de l'Elf Negre i li van venir calfreds.

–*El* Capanegra? Em pensava que Capanegra era el seu nom. On han anat? I per què m'han deixat aquí? –va demanar, confosa.

–Quantes preguntes! –va dir Vistaguda amb una rialleta, posant-se les mans als costats–. A veure, primer de tot, Capanegra no és un nom, és un càrrec: el meu pare és el cap dels guardians de l'illa, les Capes Negres. El seu capità és *el* Capanegra. Ha vingut a buscar el teu amic Audaç abans que sortís el sol. Fa poc hem sentit un bram, i després el silenci: crec que ja deuen haver arribat fins al drac blau. No era gaire lluny. El meu pare ha dit que el teu amic li havia promès que el calmaria.

Spica es va quedar pensativa.

–Vindran aviat, ja ho veuràs. I si el teu amic fa el que ha promès, no passarà res dolent –li va dir Vistaguda amb un somriure.

–Dolent? –va repetir Spica–. Què podria passar de dolent?

El rostre de Vistaguda es va tornar pàl·lid i va abaixar els seus ulls negres sobre el cobrellit brodat que Spica tenia entre els dits.

–Bé, el fet és que aquell ximple de Maferma ha armat un bon sarau. És un dels aprenents de guàrdia, és bon noi i arribarà a ser un excel·lent Capa Negra, però a vegades, com diu ma mare, es deixa endur per l'entusiasme. Ell era amb el meu pare quan es van acostar al drac per primera vegada, i després va convèncer els altres aprenents per tornar-hi i poder-lo veure. En realitat jo també hi vaig anar, però ell... quan el va veure va voler fer un pas endavant. No ho va poder resistir.

–Oh, no! –va sospirar Spica.

Vistaguda va continuar, incòmoda.

–Sabíem que no ho havíem de fer, però pensàvem que no seria tan perillós: els dracs blaus sempre han estat els nostres amics. I, a més, aquell drac duia tots els arreus, o sigui que havia d'estar ensinistrat. Però no va reaccionar bé, es va moure tan ràpid que gairebé no ens en vam adonar i en un no res tots érem a terra i Maferma entre les seves urpes... Gairebé el devora!

Spica es va aixecar d'un salt.

–No pot ser veritat! Cuatallada no devoraria mai ningú!

Vistaguda va insistir:

–Jo mateixa ho vaig veure!

–Però mai no hauria... –Spica es va aturar.– Dúieu armes?

Vistaguda va fer que sí amb el cap.

–Esclar. No érem tan imprudents per no dur-ne. Més ben dit, en duien ells. A mi no se'm permet encara portar un arc perquè sóc massa jove. Jo només duia un xiulet encantat.

–Ara ho entenc –va sospirar Spica–. Cuatallada es devia sentir amenaçat i devia pensar que nosaltres també estàvem en perill. Les armes li evoquen records molt dolents. Va fer mal a algú?

–No, per sort –va respondre la noieta–. Mon pare també va dir que el que l'havia espantat havien estat les armes. Per això pensava que el seu cavaller seria capaç de tranquil·litzar-lo. El meu pare va veure molts dracs quan era jove i els coneix molt bé –va afegir en un to seriós que la feia semblar més gran del que era.

–Cuatallada –va explicar Spica a la petita elfa– és un amic i espero de debò que no li passi res dolent. No hauríem arribat mai fins aquí sense ell...

–T'entenc... –va respondre Vistaguda, amb els ulls brillants. Tot seguit va preguntar:– De debò que Audaç és un Cavaller de la Rosa?

Spica va assentir i ella es va mostrar contentíssima:

–Aleshores segur que tot anirà bé! Mentrestant, vine amb mi: ma mare m'ha demanat que et prepari un bon esmorzar i que et porti a passejar pel poble. Et ve de gust?

Com que tampoc no podia fer res més, Spica ho va acceptar i es va llevar. Però el seu rostre reflectia la preocupació que sentia.

Ombrívol va sentir com el morro de Cuatallada li refregava el braç. Emocionat, va esclatar a riure:

–Estàs bé! –va sospirar alleujat mentre l'estrella al seu front brillava intensament.

Però el drac va notar un moviment a l'esquena de l'elf i de seguida va aixecar el cap xiulant, per defensar-lo.

Els Elfs Negres que havien aparegut damunt els sortints de roca es van aturar, mentre Ombrívol posava la mà al coll de Cuatallada per calmar-lo.

–Tranquil, són amics. No has de tenir por de res –va dir en veu baixa.

Cuatallada va tornar a emetre un xiulet, plantant-se davant seu per protegir-lo, i Ombrívol va comprendre que tot el que havia passat en absència seva l'havia trasbalsat. Les escates del drac tremolaven de ràbia barrejada amb por, i Ombrívol sentia que el seu instint hauria estat d'anar-se'n volant amb ell.

Prudent, el jove cavaller es va allunyar alguns passos de Cuatallada i va cridar a Capanegra:

–Les armes! Fes que els teus abaixin les armes i digue'ls que mostrin les mans, de manera que el drac les pugui veure! A poc a poc!

L'elf el va mirar indecís, després va fer un senyal i els guàrdies van obeir. Ombrívol va passar la mà pel coll del seu amic drac tractant de transmetre-li la seva tranquil·litat, i Cuatallada va semblar que es calmava.

–Ho veus? Ells també s'havien espantat com tu. No volien fer-te mal, com no me n'han fet a mi ni tampoc a Spica –li va explicar en veu baixa. Però a través de les escates, Ombrívol va sentir que el drac no se'n refiava del tot. Aleshores va decidir fer com ja havia fet amb el seu pare: havia d'acostumar Cuatallada a la presència de Capanegra. Així, amb la mà al mor-

ro del drac, va deixar que l'elf se li acostés prou per ensumar-lo.

–En el passat, Cuatallada va ser maltractat i torturat, per això continua desconfiant de tothom, sobretot dels qui se li acosten armats –va comentar Ombrívol.

–No t'has d'excusar, cavaller –va dir Capanegra, inclinant lleument el cap mentre Cuatallada tremolava d'impaciència i ànsia–. Sóc jo qui m'he d'excusar amb tu i amb el teu drac, perquè van ser els meus aprenents els que li van provocar la fúria. Si bé els havia ordenat que no s'hi acostessin, no em van obeir i van posar tothom en perill. Però no els puc criticar que tinguessin curiositat: jo mateix feia molt temps que no veia un drac blau i ells no n'havien vist mai cap.

Amb un gest lent i mesurat, Ombrívol va agafar la mà de Capanegra i la va posar sota els narius de Cuatallada. El drac va mirar fixament l'estranger durant una bona estona, i després amb un feble xiulet va replegar les ales en una actitud més relaxada.

Encara no se'n refiava completament, però havia decidit creure en Ombrívol. Davant d'aquella demostració de lleialtat, Capanegra va dibuixar un lleu somriure.

Mentre prenia un abundant esmorzar al jardinet de la casa de Vistaguda, Spica estava més relaxada. Ja no havia tornat a sentir els rugits de Cuatallada a la llunyania: Ombrívol devia haver aconseguit calmar-lo. Va estirar els braços per desemmandrir-se, preguntant-se quan tornarien Ombrívol i Capanegra i si amb ells també hi hauria el drac.

–Per on vindran? –va preguntar Spica.

–Per aquell camí, segur –li va explicar Vistaguda, assenyalant un sender que baixava per entre les roques del cràter. Tot seguit li va proposar novament ensenyar-li el poble i Spica ho va acceptar gustosament.

Les cases dels Elfs Negres eren més petites i recollides que les dels Elfs Estelats, però no per això menys boniques: gairebé a totes les portes i finestres hi havia gravats amb dracs que rugien o volaven, i les flors de color porpra inundaven les façanes de pedra negra.

–Puc saber com és que li dius Ombrívol, al teu amic? No és Audaç el seu veritable nom? –va preguntar Vistaguda.

–Va ser el meu germà qui va començar a anomenar-lo així. Ja des de petit tenia una expressió tan seriosa que... bé, entre els Elfs Estelats, sempre alegres i radiants, destacava molt. Des d'aleshores, per a nosaltres és Ombrívol i crec que ell també s'hi ha acostumat –va explicar Spica.

Van passar davant de la botiga del ferrer, que va interrompre la seva feina a la farga per observar els dos elfs.

–Bon dia –va somriure Spica.

L'elf es va limitar a fer-li una breu reverència amb el cap.

–Bon dia, senyor ferrer! –el va saludar Vistaguda.

La botiga era en un costat de la plaça principal, al centre de la qual Spica va veure un llarg prisma negre, flotant, semblant a les pedres voladores que ella i Ombrívol havien vist al llarg de la costa de l'illa, però més elegant i decorat amb refinades figures de dracs entrellaçats.

–Et puc preguntar què són, aquestes pedres flotants, i com és que l'illa n'és plena?

–Que no ho saps? Són la nostra salvació. Vosaltres no en teniu per protegir-vos de les tempestes de llum? –va preguntar al seu torn Vistaguda, sorpresa.

Spica va fer que no amb el cap i, abans que pogués obrir la boca per respondre, una veu profunda darrere seu va dir:

–Els altres reialmes no estan exposats a les tempestes de llum com el nostre, aquí al mig del mar.

Spica es va tombar i va veure que el ferrer se'ls havia acostat i mirava la pedra amb els seus ulls foscos.

–Tempestes de llum? –va preguntar ella, fascinada.

Ell va assentir.

–Aquí cauen molts llamps. La llegenda diu que en altres temps la nostra preciosa illa planava pel cel juntament amb la lluna, de la qual encara recorda la forma, i els llamps, que il·luminaven les nits més tempestuoses. A causa d'un període de forta sequera, per buscar aigua, es va veure obligada a baixar a terra, i quan va veure aquest mar meravellós s'hi va capbussar. El lloc li va agradar tant que va decidir quedar-s'hi, i per recordar els seus orígens va mantenir el color negre, estriat de plata, de la nit, i la forma de grill de la lluna. Per això nosaltres l'anomenem Illa de la Lluna Creixent.

–I als llamps els agradava tant aquesta illa que van decidir baixar sovint a fer-li companyia. Per això també se li diu Illa de les Tempestes! –va exclamar, alegre, Vistaguda.

–En efecte, va ser una tempesta la que ens va permetre descobrir la presència de l'illa al mig del mar –va comentar Spica.

El ferrer va assentir.

–Com més n'hi cauen, més visible es fa, però en general quan això passa al mar hi ha temporal i ningú no ens detecta. En canvi, quan no hi ha llamps la pedra negra de què està feta reflecteix el mar i el cel fins al punt que s'hi confon. I ningú no la veu. Però nosaltres, els habitants de l'illa, no som immunes als llamps, i per defensar els nostres pobles necessitem aquestes pedres voladores que n'absorbeixen l'electricitat.

–Pobles? Però quants n'hi ha? –va preguntar Spica.

–Tants com cràters hi ha a la muntanya. Aquest és el més petit, però n'hi ha d'altres.

Spica escoltava bocabadada.

–Però si la vida aquí és tan difícil, per què no us en heu anat? –va preguntar–. A tot arreu hi seríeu ben rebuts!

El ferrer la va mirar com si no comprengués la pregunta.

–Els Elfs Negres pertanyen a aquesta terra com tu

pertanys a la terra dels Estelats. No hi renunciaríem per res del món. Allò que als altres se'ls fa difícil de suportar, les vibracions de l'electricitat en l'aire, el vent de tempesta i les roques negres... nosaltres ens ho estimem. I si no hi haguessin els llamps, si aquest indret no fos tan solitari, l'illa no hauria estat l'escollida pels dracs –va concloure, mentre tornava a la forja.

–Escollida... per a què? –va preguntar Spica.

–Per pondre els ous, naturalment! –va somriure Vistaguda.

Spica es va quedar clavada on era, amb la boca oberta d'astorament.

–El Secret dels Cavallers! Vet aquí de què es tractava! –va murmurar.

Ara s'explicava per què al seu diari Cortenaç estava tan preocupat: aquella illa era el lloc d'incubació dels ous de drac, i si les bruixes la descobrien tindrien al seu abast els cadells de drac blau. I aquesta era la raó per la qual Cuatallada semblava tan a gust entre les pedres negres de l'illa. Havia crescut al Reialme dels Orcs, que en altres temps havia estat el Reialme dels Nans Grisos, on ells l'havien trobat i alliberat. Però havia nascut a l'Illa de la Lluna Creixent.

11
Vincles de sang

Assegut a prop de Cuatallada, Ombrívol va esperar que Capanegra impartís les ordres als guàrdies i tornés al seu costat.

Entretancant els ulls, va mirar el sol que sorgia a l'horitzó i va sospirar. A la llunyania, en la calitja del matí, l'Illa dels Cavallers es retallava damunt les onades dels Mars Orientals, petita i borrosa com en un somni. I igualment fràgil, malgrat la Ciutadella i les torres fortificades.

–Sé prou bé –va començar a dir Capanegra– que ja has respost a les nostres preguntes a la Boca de la Veritat i també sé que no tinc cap dret a importunar-te un altre cop, però de tota manera voldria preguntar-te una cosa.

Ombrívol va assentir i l'altre va continuar:

–El mar és immens i vosaltres heu estat els primers que arribeu a l'illa des de fa molts, moltíssims anys. No sabem què ha passat mentrestant als altres reialmes del Regne de la Fantasia. M'agradaria saber tot allò a què tu, fill de Cortenaç, i els teus amics us heu hagut d'enfrontar per alliberar-los i arribar fins aquí.

Ombrívol va començar a explicar com havia sortit del Reialme de les Estrelles i, amb l'ajut dels seus amics, havia derrotat els homes llop a les terres dels Elfs dels Boscos, i com, per primer cop i sense saber qui era, s'havia topat amb el seu pare. Va narrar les aventures que els havien portat fins als cims nevats habitats pels Gnoms de Forja i entre els arbres del Bosc que Parla en els quals havien estat transformats els Nans Grisos. Va recordar com havia trobat Cuatallada i com, gràcies a l'ajuda del drac, havia pogut arribar fins als seus amics empresonats al Reialme de les Bruixes. I finalment va tornar a evocar la gran batalla que havia provocat l'ensorrament del castell de la Reina Negra.

Capanegra escoltava cada paraula amb una expressió impenetrable. Al final de la narració, es va girar per mirar el drac i el seu cavaller com si només aleshores comprengués en profunditat els seus estrets vincles.

–Ara entenc moltes coses –va dir al cap d'un llarg silenci–. O sigui que va ser arran d'un enfrontament amb un escorpí gegant que la teva espasa té reflexos verds. I, com l'espasa, la cuirassa que portes també pertanyia al teu pare. Només en el moment en què *ell* decidís cedir-la, el seu digne hereu la podria usar com ho has fet tu. Per tant, Cortenaç va haver de renunciar a ser cavaller, allò que sempre havia desitjat, per permetre't a tu, el seu fill, prendre'n el lloc.

Ombrívol va negar amb el cap.

–No. Ell no va renunciar mai. Malgrat que no tingui l'espasa ni la cuirassa, el seu cor sempre ha estat, i encara ho és, el d'un Cavaller de la Rosa.

En sentir-lo, el rostre de Capanegra es va il·luminar amb un somriure, i aleshores va posar la mà a l'espatlla d'Ombrívol:

–Tens raó. Aquest va ser el motiu pel qual el meu germà va abandonar l'Illa.

–El teu germà? També era un Cavaller de la Rosa? –va preguntar Ombrívol.

Capanegra va dubtar una bona estona, i al final es va decidir a parlar:

–El teu pare és el meu germà, noiet. I el teu nom n'és la prova més clara. Jo també em dic Audaç. Se'n va anar d'aquí quan jo encara no tenia quatre anys. Però recordo perfectament la nit en què el vaixell va marxar, amb el seu rostre il·luminat per la llum de la lluna...

Aquelles paraules inesperades van sorprendre i confondre Ombrívol.

–El teu germà? I... no l'has tornat a veure des d'alesnores? –va preguntar gairebé sense veu.

–No. Qui marxa d'aquesta illa per ser cavaller ho fa amb una sola promesa: jurant que no hi tornarà a posar mai els peus. Només a una persona se li consentia tornar aquí un cop l'any, i no era pas qualsevol persona. Era el Cap Ensinistrador de Dracs a l'Illa dels Cavallers. Venia aquí per triar els dracs que

s'enduria, i aquell any juntament amb dos cadells de drac també es va endur Cortenaç. Durant molt de temps no vaig entendre per què se n'havia anat, per què ens havia abandonat. Amb les paraules del nostre pare no en tenia prou. Pensava que ho havia fet perquè se sentia atrapat en aquesta illa, però m'equivocava. Cortenaç tenia un destí més important que l'esperava, el coratge que brillava en ell no podia quedar reclòs aquí, entre aquestes pedres negres.

Ombrívol estava pàl·lid.

–Dius bé: coratge. I no només en la batalla. Cal coratge també per quedar-se quiet mentre tot cau en mans de les bruixes –va observar lentament, acariciant Cuatallada. Com que aquella illa estava oculta i era invisible a la resta del Regne de la Fantasia, durant anys el seu pare també havia actuat en secret, entre els Elfs dels Boscos, amagat i invisible.

–A vegades cal més coratge per estar-se quiet que per actuar –va reconèixer, seriós, Capanegra–. El meu germà ho havia dit una vegada al nostre pare, i ell ho repetia sempre. Però em va caldre molt temps per entendreho. Malgrat el que havia passat, havíem de ser capaços de dominar-nos, de no actuar temeràriament, sinó de pensar, primer de tot, a preservar l'illa i el seu secret.

–El Secret dels Cavallers –va assentir Ombrívol.

Capanegra el va mirar:

–El Secret dels Dracs. Si hi ha un lloc al món on els cadells de drac blau, fràgils i necessitats de protecció, estan segurs és precisament aquest. L'illa és aspra i inhòspita, però alhora és un lloc inaccessible i protegit. I des de temps immemorials, és l'indret on els dracs blaus tornen un cop cada cent anys, guiats pels llamps, a pondre-hi els ous, que deixen a cura de les pedres negres que el sol escalfa. Després se'n van volant una altra vegada, lluny, i d'aquells ous ens n'ocupem nosaltres, per tal que res no els faci malbé o els destrueixi. –Després d'un breu silenci va continuar:– En altres èpoques no era així. Els elfs i els dracs lluitaven entre ells.

–I com es van convertir en aliats? –va preguntar Ombrívol.

–De la manera més natural i alhora màgica del món. Es diu que, la primera vegada que un ou es va obrir davant els ulls sorpresos d'un Elf Negre, es va estrènyer l'aliança entre elfs i dracs. Des d'aleshores alguns cavallers van tenir el privilegi de cavalcar dracs blaus. Els dracs blaus *escullen* el seu cavaller i l'obeeixen tan sols a ell. Però això ja ho saps, perquè Cuatallada et va escollir a tu.

Ombrívol va somriure i va mirar el sol dalt del cel. Havien passat unes quantes hores des que s'havien assegut allà.

–Sí, així ha de tornar a ser –va dir–. És per això que som aquí.

Van restar en silenci una bona estona.

Ombrívol es va passar una mà pel front, per damunt de l'estrella que l'acompanyava des que, de ben petit, havia arribat al Reialme de les Estrelles. Ell, reservat i silenciós, sempre s'havia sentit una mica aliè a l'alegria i la despreocupació dels Elfs Estrellats. Ara, en aquella illa, comprenia que s'assemblava increïblement al seu pare Cortenaç, tot i no haver crescut al seu costat.

–Has trobat a faltar el teu germà? –va preguntar de sobte a Capanegra.

L'Elf Negre va somriure.

–Malauradament no ens coneixíem gaire bé. Jo encara era petit i passàvem poc temps junts, sobretot quan es va haver de preparar per afrontar la prova per ser cavaller. D'aquell període, no en recordo pràcticament res. Només recordo quan al vespre, davant del foc, em feia seure als seus genolls i em feia pessigolles. I també un cop que, com a càstig, ens vam passar tot un dia brunyint les fulles d'espasa de la forja. A la nit jo estava tan baldat que ell se'm va carregar a l'esquena i em va portar a casa. Era el meu germà gran, l'estimava, volia ser com ell. Quan va decidir marxar, el meu pare n'estava orgullós, però alhora entristit per la notícia. En els primers anys, vaig culpar Cortenaç de la infelicitat del nostre pare. Després, al final, ho vaig entendre. –Va bellugar el cap amargament i va admetre:– Ni tan sols sé si la seva cara s'assembla a la que jo recordo... Però tu l'has conegut. Hauries de ser tu qui me'n parlés.

–Jo també vaig passar poc temps amb Cortenaç. Massa poc. Crec que m'hi assemblo una mica. Sé que era un cavaller valent, que va renunciar a tot per mantenir el seu jurament de protegir el Regne de la Fantasia i els seus habitants. Però només te'n sé dir això. Ens vam reconèixer massa tard. Un moment abans de ser transformat en pedra. Només aleshores vaig saber qui era.

–És dur, haver de renunciar a una persona estimada –va observar Capanegra, assentint i mirant cap al mar.

El vent els va acariciar agradablement. Ombrívol no va respondre: no calia.

Va ser Capanegra qui va trencar el silenci.

–Així doncs, tens l'esperança que podràs retornar a la

vida a tots els qui van ser petrificats per l'encanteri de Stria i per la traïció d'un dels cavallers? –va preguntar, amb el rostre cada cop més seriós.

–És el que Flordiana desitja –va sospirar Ombrívol, sense amagar la seva preocupació.

Va explicar a Capanegra la missió que la Reina de les Fades li havia encomanat i la necessitat de reconstruir l'Escut dels Cavallers per salvar l'Illa i els seus habitants. Estava a punt d'explicar-li la qüestió del tercer fragment quan li va venir al cap un pensament:

–Si, com has dit, el Cap Ensinistrador coneixia el camí per arribar a aquesta illa i ho podia fer un cop l'any... podria haver estat ell qui hagués portat aquí el fragment de l'Escut dels Cavallers per allunyar-lo de les bruixes i impedir que el destruïssin! –va exclamar, esperançat, el jove.

Capanegra, mentre s'alçava, li va explicar:

–Va arribar aquí, crec, amb l'ajuda de la fada Marea, que tu també vas conèixer. Però d'això crec que val més que en parlis amb Veraç i amb Feravista. I, si t'he de fer cas, val més també que ens afanyem.

–Són els dos elfs que ens van interrogar a la Boca de la Veritat? –va preguntar Ombrívol, alçant-se al seu torn.

Capanegra va fer que sí amb el cap. Aleshores va mirar el drac i va afegir:

–M'imagino que no us podrem separar de nou.

Cuatallada va ensenyar les dents amb un rugit amenaçador i Capanegra va somriure.

–Bé, doncs, noble drac blau, de moment els nostres camins se separen. Aquí seria massa arriscat abaixar la protecció per fer-vos passar. Ordenaré que la desactivin uns moments al Cràter Septentrional, que és un dels punts més resguardats de l'illa. Hi arribareu fàcilment volant, jo hi aniré per terra. Confio que el teu cavaller no et perdi de vista –va afegir.

–Sí, no pateixis –va confirmar Ombrívol.

–Jo us atraparé amb Veraç i Feravista abans que es pongui el sol, i amb nosaltres vindrà la vostra amiga Spica. Estic segur que estarà contenta de tornar-vos a veure, després d'un dia havent d'aguantar la xerrameca de la meva filla –va somriure Capanegra. A continuació, després d'un breu comiat, va desaparèixer entre les pedres.

–Què me'n dius, doncs, marxem? –va preguntar Ombrívol al drac, que el mirava esperant les seves ordres.

Cuatallada va desplegar les ales i Ombrívol va pujar a la sella. Mentre s'enlairaven, el noi va somriure dintre seu. Havia tingut por de trobar-se sol i ara, en canvi, a més dels seus amics, trobava una família que no havia sabut mai que tenia.

Va llançar una ullada al mar enlluernador i, mentre Cuatallada descrivia un ampli gir sobre l'illa, li va semblar veure alguna cosa que es capbussava a l'aigua, a la llunyania. Va tornar a mirar amb més atenció, però no va veure res.

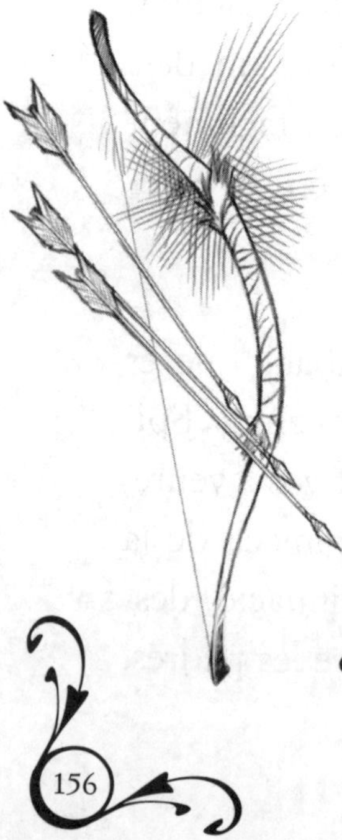

Ja era el capvespre quan Spica, Capanegra i els dos misteriosos elfs que havien interrogat els dos nois a la Boca de la Veritat van arribar al Cràter Septentrional. Durant el trajecte, cap dels tres Elfs Negres no s'havia dirigit a ella; només Capanegra li havia somrigut quan li havia tornat l'arc platejat. Després li havia anunciat que tots quatre es trobarien amb Ombrívol.

Naturalment, Vistaguda havia demanat al seu pare de poder-los acompanyar, però Capanegra havia estat inflexible en la seva decisió: era massa perillós.

El comandant de les Capes Negres els conduïa a pas lleuger a través d'un llarg sender costerut. En aquell silenci, la ment de Spica no parava de fer-se preguntes: on era Ombrívol i per què no havia tornat al poble amb Capanegra? Què se n'havia fet de Cuatallada? I on anaven?

Les roques negres semblaven totes iguals; caminar a través de laberints de passatges i escales excavats a la muntanya, amb la llum que anava minvant, hauria confós fins i tot els viatgers més experts.

Spica havia intentat fer alguna pregunta, però cap d'ells no li havia contestat, de manera que havia deduït que era millor no parlar.

L'elf que anomenaven Veraç era vell i anava encorbat, però tenia el pas àgil de bon caminador i una expressió al seu rostre oberta i somrient.

L'elfa que l'acompanyava, en canvi, era severa i rígida, duia els cabells recollits en una trena negra i tenia una llarga cicatriu que li desfigurava la part esquerra de la cara. Les celles guerxes i aquell rostre angulós semblaven incapaços d'adoptar un aire que no fos de reprovació.

Quan van arribar al cràter, Spica es va trobar davant d'una petita vall circular, flanquejada per mates espesses i negres que onejaven en la brisa del vespre. Des d'allà es veia el cel clar: no hi havia aquella boirina tan poc natural que semblava cobrir la resta de l'illa. Els primers estels que començaven a treure el cap damunt seu li van donar una sensació d'alleujament.

Quan van començar a baixar per la cresta, Spica va advertir alguna cosa que es movia, i de cop i volta es va adonar que eren dues gegantines i esplèndides ales blaves.

No es va poder estar de fer un crit d'alegria i va arrencar a córrer entre els matolls. Ningú no la va aturar i al cap d'un moment Spica ja abraçava Ombrívol i Cuatallada.

–O sigui que és per això que heu arribat fins aquí? I és per això pel que dius que Marea en persona us ha enviat aquí: per trobar el fragment que manca de l'Escut dels Cavallers –va dir l'elfa amb la gran cicatriu al rostre. El seu nom, Feravista, expressava bé la profunditat escrutadora de la seva mirada. Fins aleshores havia estat en silenci, escoltant el relat d'Ombrívol i de Spica i llançant mirades a Cuatallada.

Ombrívol va fer que sí amb el cap.

–Ja hem col·locat al seu lloc els altres dos fragments, i les plantes i els animalons s'han despertat del seu son de pedra –va explicar Spica–. Amb l'últim fragment, tothom tornarà finalment a la vida. També el seu pare –va dir estrenyent la mà d'Ombrívol.

–Mmm –va comentar Feravista, movent un branquilló per atiar el foc–. En altres temps, els Cavallers de la Rosa juraven que no farien mai res per interessos personals... Tu, en canvi, vols salvar el teu pare. Què me'n dius, d'això?

–És el seu pare! Com li pots preguntar aquestes coses? –es va sorprendre Spica, posant-se vermella.

Ombrívol li va posar una mà al braç i va explicar:

–Molts companys del meu pare són a l'Illa dels Cavallers, atrapats en una presó sense barrots. I moltes persones més, que simplement vivien a l'Illa, van córrer la mateixa sort. Potser els cavallers estaven preparats per patir un destí com aquell, però aquella gent no. Trairia la missió que Flordiana em va encomanar si no pensés en ells a cada moment, però em trairia a mi mateix si ignorés que el meu pare també és víctima del mateix encanteri i que si no sóc capaç de reconstruir l'Escut i impedir que l'Illa s'enfonsi, arrossegant amb ella la seva gent, jo ja no podré fer res, no tan sols per la gent sinó tampoc per ell. No vaig saber que era el meu pare fins que ja va ser massa tard, però sé que era un cavaller noble i valent i que no hauria volgut que jo anteposés la seva vida abans que la d'altres innocents. Però, un cop més, no seria sincer si negués el desig de voler-lo salvar també a ell –va afegir en veu més baixa, mirant fixament les flames.

–Tota vida és important –va assentir Veraç–, i això Feravista ho sap prou bé, potser més i tot que altres elfs. Crec que has de saber, noiet, que ella també era Cavaller de la Rosa, com el teu pare. Crec que Feravista t'hauria d'explicar la seva història.

Ombrívol es va quedar esbalaït i va mirar atentament l'elfa, que va llançar una mirada furiosa a Veraç. Tot seguit, després d'un moment de vacil·lació, es va decidir a parlar.

–No hi ha gaire cosa a dir. La meva vida estava a l'Illa dels Cavallers i se'n va anar en orris el dia en què el General Suprem va trair la seva gent i es va sotmetre a la voluntat de la Reina de les Bruixes. Jo era jove i esperava que em nomenessin Ensinistrador Expert quan va passar tot allò. –Es va aturar, com si li costés recordar-ho.– Quan les bruixes van atacar l'illa ens va agafar a tothom de sorpresa. Només els cavallers que van ser a temps de volar i els que eren lluny es van salvar. Jo era al mar, en un dels vaixells. Vam lluitar durament, sota l'escomesa de grups de bruixes ferotges. Va ser llavors que em vaig fer aquesta cicatriu. Però la nostra defensa no va ser prou: al final van esquinçar les nostres veles, van enfon-

sar les nostres naus i van abatre els nostres dracs. Hi havia una força que semblava amplificar el poder de les bruixes. Em vaig trobar flotant a l'aigua, aferrada a una fusta d'un vaixell naufragat, a la deriva, sota un sol implacable, foragitada de l'Illa dels Cavallers. No sé quant de temps vaig ser al mar. Vaig perdre el coneixement i quan vaig tornar en si ja era aquí.

–La marea l'havia salvat –va dir Veraç, assentint i estirant la mà per escalfar-la al foc.

Feravista va tornar a parlar en un to dur:

–Em van curar i em vaig refer, però no podia evitar pensar que a l'Illa dels Cavallers algú pogués necessitar la meva ajuda. Potser alguns s'havien salvat. Així, quan el fum va parar de pujar de les ruïnes, vaig construir una barca i vaig tornar enrere. El que vaig veure no ho he vist enlloc. L'encanteri de pedra ho havia colpit tot i tothom. La sang blava dels dracs abatuts regalimava de les teulades de les cases que fins feia pocs dies estaven plenes de vida. No sabia què havia passat, però quan vaig arribar a la Sala dels Cavallers ho vaig entendre: l'Escut havia estat destruït –va sospirar inclinant el cap a un costat–. Aleshores vaig comprendre que algú havia traït els Cavallers de la Rosa i el fet de ser-ne conscient va matar dins meu la confiança en l'esperit d'aquell orde antic. Però algú altre també ho havia entès. Vaig trobar el Cap Ensinistrador mort, amb el cos travessat per una llança: tenia un fragment de l'Escut, que havia protegit amb la seva vida. Vaig buscar els altres fragments, però no els vaig trobar. Mentre em preguntava què havia de fer, em vaig adonar que no estava sola a l'Illa. A prop rondava algú: bruixes que regiraven les ruïnes. No m'havien vist de miracle. Amb el cor que no parava de bategar vaig pensar de plantar-los cara, de sortir a buscar el meu destí i unir-me als altres cavallers morts per l'Illa, però no ho vaig fer. Vaig agafar el fragment de l'Escut i vaig fugir. Vaig pujar dalt d'una barca i vaig tornar aquí amb el fragment. No em va veure ni em va seguir ningú. Ningú no sap on el vaig amagar. Excepte potser Marea.

–Per tant, el fragment és aquí, tal com pensava Ombrívol! –va exclamar Capanegra.

Feravista va assentir.

–Només l'hi vaig dir a Veraç –va continuar, mirant Ombrívol–. I ara em trobo davant d'un jove que diu que és cavaller, però que no ha jurat sobre cap Escut i que porta una espasa impregnada del verí de les bruixes! I, per si no fos prou, ve acompanyat d'una noia imprudent i d'un drac maltractat i gairebé incontrolable! Què us penseu que fareu, *vosaltres*?

Cuatallada va emetre un grunyit fluix i ofès, percebent el to hostil amb què l'elfa havia pronunciat aquelles últimes paraules.

–Han superat la prova de la Boca de la Veritat! I els ha enviat la mateixa Flordiana! –va exclamar Veraç.

–Per a mi no és suficient.

–Vols dir que no tens intenció d'ajudar-nos? –va dir, sobresaltada, Spica, i va empal·lidir.

12
El desafiament de Feravista

Spica no es podia creure el que sentia:

–Vols dir que amb la confiança que ens va donar Flordiana i l'ajuda que vam rebre de Marea no en tens prou? –va demanar a Feravista.

–Com podeu demostrar que heu arribat aquí gràcies a la seva ajuda? –va replicar l'elfa.

Ombrívol va aguantar la seva mirada:

–La confiança de Flordiana es demostra en el fet que em va confiar l'Anell de Llum després que nosaltres l'hi vam prendre a Stria. Jo no el volia, més ben dit el temia, però si ella me'l va encomanar a mi vol dir que té esperances i confiança en les meves decisions. Marea em va confiar també una cosa: el Reclam dels Mars. És gràcies a aquest que vam arribar aquí. Però em va demanar que el retornés al mar després de fer-lo servir l'últim cop, i així ho vaig fer. Per tant, no en tinc proves. Però, encara que les tingués, dubto que t'hagués pogut convèncer.

–Jo dic, estimada amiga meva –va intervenir Veraç–,

que hauríem de tenir confiança en l'elecció de Flordiana i les fades. El fet que aquests joves siguin aquí significa que el destí de la nostra illa i de l'Illa dels Cavallers no ha caigut en l'oblit.

Feravista va fer una rialla aguda.

–Confiança? La nostra confiança té un preu molt alt! Recorda que no decidim només per nosaltres, sinó també pels tretze ous de drac blau que custodiem. Potser són els últims en tot el Regne de la Fantasia. Què passaria si descobrissin aquesta illa? Les bruixes van ser derrotades, ho diuen aquests nois, però no aniquilades.

–Si no ajudem aquests joves elfs, les persones per qui has lluitat i pel destí de les quals encara pateixes moriran de debò –va dir Capanegra agafant-la del braç–. L'Illa dels Cavallers s'enfonsarà al mar i tu en seràs responsable.

Feravista va empal·lidir de ràbia i es va treure de sobre Capanegra:

–Ja hem tingut aquesta discussió, Capanegra, i el teu càrrec no dóna a la teva paraula més poder que a la meva. No serà l'orgull per la sang de la teva sang allò que imposarà a aquesta illa el camí que ha de seguir!

La veu d'Ombrívol va ressonar decidida:

–Em passaria dies intentant esvair els teus dubtes, creu-me, però tenim poc temps. No són les nostres vides les que es perdran si no reconstruïm l'Escut dels Cavallers. Estic convençut que el meu pare, quan va conèixer la traïció del seu general, va sentir també la mateixa ràbia que ara sents tu. Però va trobar la manera de reaccionar i de lluitar fins i tot estant amagat.

–Sí, però, pel que sembla, ens ha oblidat, es va fer una nova casa i nous amics. Jo també he trobat una manera nova de lluitar contra el mal. La *meva* manera –va replicar Feravista.

Spica es va quedar callada, esgarrifada per l'obstinació que deixava entreveure, i Capanegra va arrugar el front, trasbalsat.

La mirada d'Ombrívol s'havia fet més greu. Amb una respiració fonda, es va empassar les paraules que hauria volgut cridar i ell mateix es va obligar a dir:

–Insultar el meu pare no et servirà de res. Digue'm ara com et puc convèncer per poder ajudar aquells que van ser petrificats i ho faré. Posa'm a prova, però no neguis l'ajuda a qui la necessita o tu mateixa violaràs el jurament dels cavallers!

Spica es va aixecar d'un salt.

–Sí, posa'ns a prova! Veuràs com superarem totes les proves a què ens sotmetis!

Però alguna cosa en els ulls negres de Feravista la va espantar. L'elfa es va dignar a mirar-la un segon, però de seguida va tornar a fixar la vista en Ombrívol:

–No. Si més no junts. Aquesta vegada no podràs comptar amb els teus amics. Vols afrontar una prova, noi? En tindràs tres, de proves, però les hauràs de superar tot sol. Aquesta és la manera com vaig protegir el fragment. Supera les Tres Proves, demostra que ets un veritable i noble cavaller, i serà teu.

–Sol? Per què ha d'afrontar les proves tot sol? –va intervenir Spica, amb els ulls plens de llàgrimes de ràbia–. Què demostraria això? Tampoc aleshores no el creuries!

Però la seva veu semblava relliscar damunt Ombrívol i Feravista com l'aigua sobre la pedra. El jove va mirar fixament Feravista i va fer que sí amb el cap.

Capanegra va agafar Spica pel canell amb delicadesa.

–Per què tot sol? Ell no... –va murmurar la noia.

Però Capanegra li va dir en veu baixa:

–Ara sembla que siguis tu, qui no hi confia.

Spica va tancar els ulls i va moure el cap.

–Jo me'n fio, d'ell, però de qui no em fio és de Feravista, igual que ella no es fia de nosaltres!

Va ser la mateixa Feravista qui li va respondre:

–Potser és l'única cosa assenyada que t'he sentit dir des que ets aquí, noia. Sigui com sigui que hagis ajudat Ombrívol en el passat, recorda que hi ha coses que un Cavaller de la Rosa sempre haurà d'afrontar sol. I ningú que no s'hagi enfrontat amb ell mateix podrà ser un cavaller digne...

Un so agut provinent de l'altra banda del cràter va interrompre les seves paraules. Cuatallada va alçar el cap, alarmat, i va saltar pel caire de la petita vall per veure què passava. En aquell moment, pel sender que pujava del poble van veure arribar Maferma, corrent amb totes les seves forces.

–Serps! Les serps marines estan atacant el poble! –va cridar espantat.

Cuatallada va grunyir en reconèixer el noi que l'havia amenaçat, i aquest es va aturar i va retrocedir.

Ombrívol va intentar calmar el drac i després va tancar els dits a l'empunyadura de Verí.

–Serps platejades! –va murmurar–. Oh, no... les hi hem dut nosaltres!

Uns sons aguts de corn van travessar la foscor, i fins i tot les estrelles semblaven tremolar al cel.

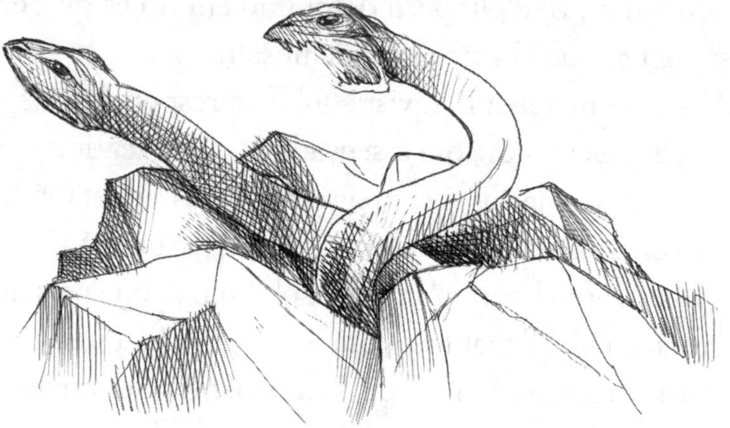

–De pressa, hem d'aturar-les! –va gemir Spica, ficant la mà a l'arc platejat.

Els dos nois estaven a punt de baixar pel caminet quan la veu de Veraç els va aturar.

–Ombrívol, queda poc temps! I tu has d'afrontar les proves.

El jove va serrar les dents. Spica el va veure assentir lentament, i tot seguit va sentir com les seves mans li tocaven l'espatlla.

La veu d'Ombrívol li va arribar molt llunyana, mentre ella se'l mirava als ulls del mateix color del bosc.

–Me n'he d'anar –li va dir.

Spica es va estremir:

–Vinc amb tu!

Ell va fer que no amb el cap, i amb un lleu tremolor a la veu li va dir:

–Feravista té raó. Hi he d'anar tot sol. Confia en mi i vés amb compte. Et deixo Cuatallada, i a tu, amic meu, et confio Spica. Tot anirà bé i tornaré per ajudar-vos.

Va tenir un sol i breu moment de dubte, i després la va abraçar delicadament. La noia no va poder evitar que el cor se li disparés. Ombrívol també tenia por, però s'hi enfrontaria. Com sempre. Era això el que el feia especial.

Amb un esforç que li va semblar increïble, Spica va fer que sí amb el cap i va decidir que ella també acompliria la seva comesa, encara que això signifiqués allunyar-se d'Ombrívol i vèncer les pors.

Ell la va deixar anar i va posar la mà uns segons al musell de Cuatallada.

–Tu ja saps què has de fer contra les serps. Tingues cura d'aquesta gent, passi el que passi –li va dir en veu baixa, es va girar i va seguir Feravista.

Cuatallada se li va posar al davant, grunyint per aturar-lo, però ni tan sol ell l'hauria pogut fer canviar d'idea. Quan se'n va adonar, el drac va llançar un bram al cel i es va deixar caure a terra, com un cadell abandonat.

Spica va subjectar l'arc de Flordiana i es va preguntar desesperadament què faria ara, tota sola.

TERCERA PART

LES TRES PROVES

13
EL ROSTRE DESCONEGUT

Ombrívol va seguir Feravista per un corriol amagat entre les roques negres, i ben aviat el Cràter Septentrional no va ser més que un llunyà record. No gosava parlar; es limitava a seguir l'Ensinistradora de Dracs, sense saber on el portaria ni a què s'hauria d'enfrontar.

Estic fent el millor?, es va preguntar. Potser valia més tornar enrere per ajudar els seus amics, encara *vius*, abans no fos massa tard, més que no pas pensar com despertar les estàtues de pedra?

–Què en saps, dels Cavallers de la Rosa? –li va preguntar tot d'una Feravista–. Què te'n va dir, la Reina de les Fades, d'ells i del seu jurament?

Ombrívol es va sobresaltar, absort en les seves cabòries. La veu de l'elfa encara sonava dura, però sense la càrrega de ressentiment.

–No en sé gaires coses –va confessar–. Vam descobrir la història del naixement de l'Illa a la Cripta de la Històrria sota la Sala dels Cavallers, però de la formació i de la vida dels cavallers no en sé gairebé res. El poc que sé ho he vist reflectit en les accions de dos cavallers: un era el meu pare, i l'altre, el seu mestre.

Feravista es va aturar i el va mirar:

–Tu sempre parles de les coses que tothom ha vist. Valor. Coratge. Força i fermesa en la batalla. Grans coses –va dir, mentre reprenia la pujada–. Però un cavaller de veritat es veu en les *petites* coses. No lluita per la glòria sinó per la justícia. O, més aviat hauria de dir, en altres temps era així... Ser cavaller significava renunciar a tot. Tot. Abandonàvem les famílies encara nois, sense res que ens les recordés excepte un medalló, i només arribar a l'Illa de seguida començàvem la instrucció. Estudi i treball al servei de cavallers de més edat. Havíem de demostrar a cada moment que érem dignes del nomenament i conscients de les responsabilitats què això implicava. N'hi ha molts que obliden que dur una arma, una espasa com la nostra, pot comportar fer mal a agressors però també a innocents. Un error pot ser mortal, i cal, per tant, estar-hi preparats. Cavalcar un drac també vol dir disposar d'una confiança il·limitada i d'un gran poder que confondria els més fràgils. Tu ets massa jove encara. Només d'aquí a uns quants anys t'hauries pogut sotme-

[continua a la pàg. 177...]

Aquesta història va tenir lloc fa molt de temps, abans que els dracs i els elfs fossin aliats. És la història d'un poble a la recerca d'un lloc...
Una història que comença durant una fosca nit...
Els últims Elfs Negres que quedaven, si bé encara no ho sabien, trobarien...
Un lloc que es pogués dir casa
Els orígens dels Elfs Negres

Arribar a l'Illa de la Lluna Creixent no havia estat mai senzill, i encara menys en una nit de tempesta.
Aguanta fort... gairebé et tinc!
Noooo!!!
Aquella nit no es va esborrar mai al cor de Valerós i dels altres Elfs Negres.

De fet, no tothom va sobreviure al naufragi.

Voleu que continuï el relat?
Sí! Volem saber com acaba aquesta història!
Aleshores... escolteu amb atenció!

L'endemà, Valerós es va despertar a la platja, el corrent l'havia portat fins a la riba.

Valerós havia viatjat molt, però no havia vist mai res ni remotament semblant a l'illa on havia naufragat... la nostra illa.
Un lloc màgic i fascinant.
Però al mateix temps obscur i misteriós.

GRRROOOWWLL
FRUIX FRUIX
I com bé sabeu, algunes criatures en aquesta illa són força perilloses.

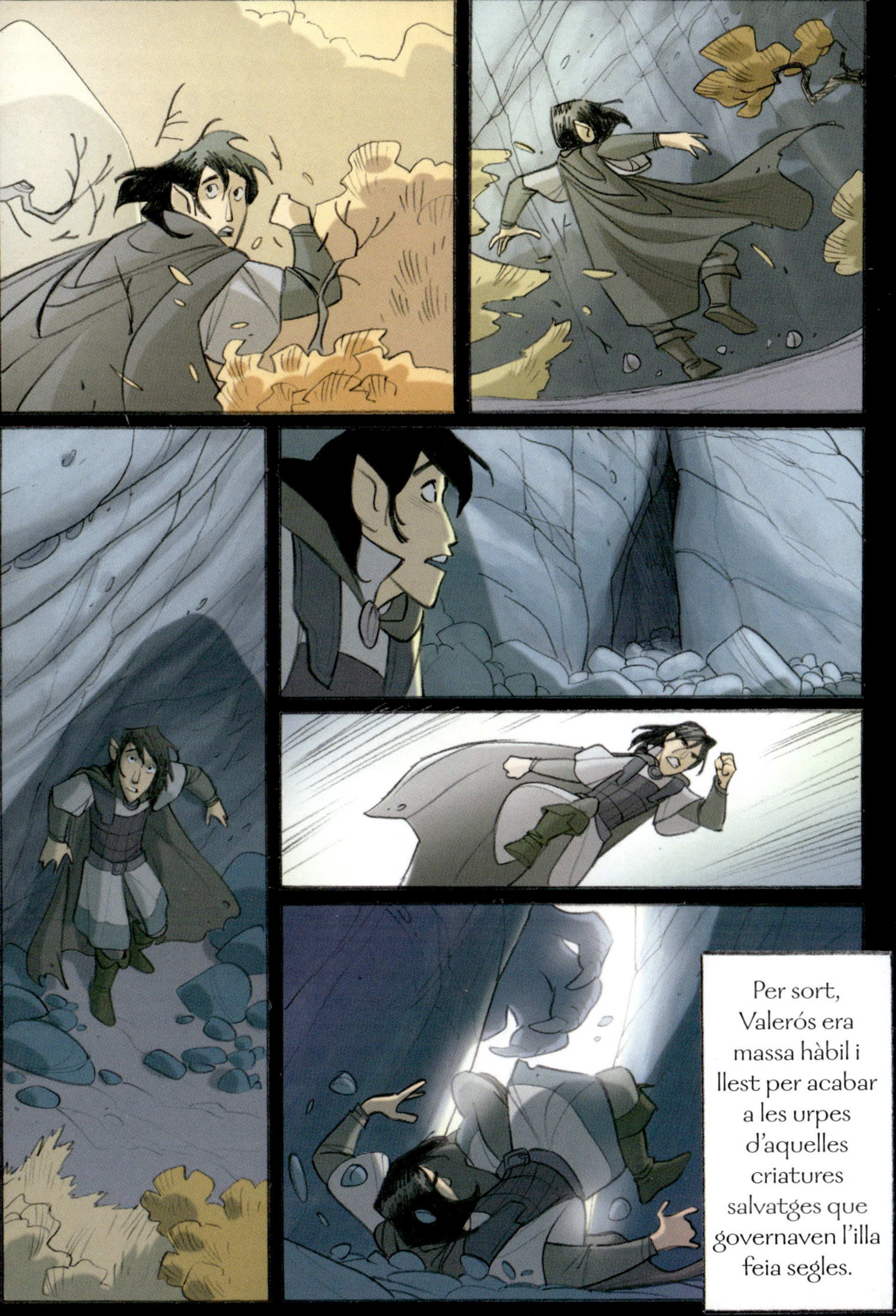
Per sort, Valerós era massa hàbil i llest per acabar a les urpes d'aquelles criatures salvatges que governaven l'illa feia segles.

Ets tu, Esperança! Estàs viva!
Valerós?
Valerós havia retrobat la seva amiga més estimada, Esperança.

La bona notícia no només era que ella havia sobreviscut, sinó també que altres Elfs Negres s'havien salvat.
Haver sobreviscut era una sort, però hi havia moltes coses de què preocupar-se. Valerós, però, es va tranquil·litzar: ara que s'havien retrobat, tot seria més fàcil.

Veieu aquella galeria d'allà baix? Des d'allà s'arriba a la cova on aquella nit Valerós i tota la resta es van refugiar!
Ooooh...
Vinga, torneu aquí. La història encara no s'ha acabat!

L'endemà, Valerós es va despertar d'hora...
Havia de descobrir si hi havia algú més en aquella illa a banda d'ells. Algú que els pogués ajudar.
Però no es volia arriscar enduent-se Esperança: podien ensopegar novament amb una d'aquelles criatures salvatges.

Aaah!
Ufff...
Al final, Esperança havia decidit no separar-se de Valerós: amb ell afrontaria tots els perills, fins i tot els més temibles.

Tots dos van arribar al capdamunt d'una muntanya des d'on es podia veure l'illa sencera. Encara no sabien...

Això és... increïble!
...que allò que semblava una muntanya era en realitat un volcà apagat!
I justament al fons d'aquell volcà s'amagava un dels secrets de l'illa.
Però no eren els prime
que ho havien descobe

Allà dins feia una olor estranya. Sofre.
Quan van arribar al fons, Valerós i Esperança van descobrir el perquè. En aquell lloc els dracs ponien els ous.
Els dracs eren criatures indòmites i espantoses, temudes pels elfs, gnoms i bruixes! Criatures perilloses, es deia, que calia evitar.
Just aleshores, de l'ombra va sorgir una figura.
Ardit! Tu també has sobreviscut!
Es tractava d'Ardit, un dels últims guerrers que havien quedat entre els Elfs Negres. Un noi fort i amb empenta.

GRRROOOWWLL
El dia abans, Ardit ja s'havia trobat aquell drac i sabia que representava una amenaça greu. Valia més fugir.
Malauradament, aquell drac va impedir que Esperança i Valerós poguessin fugir.

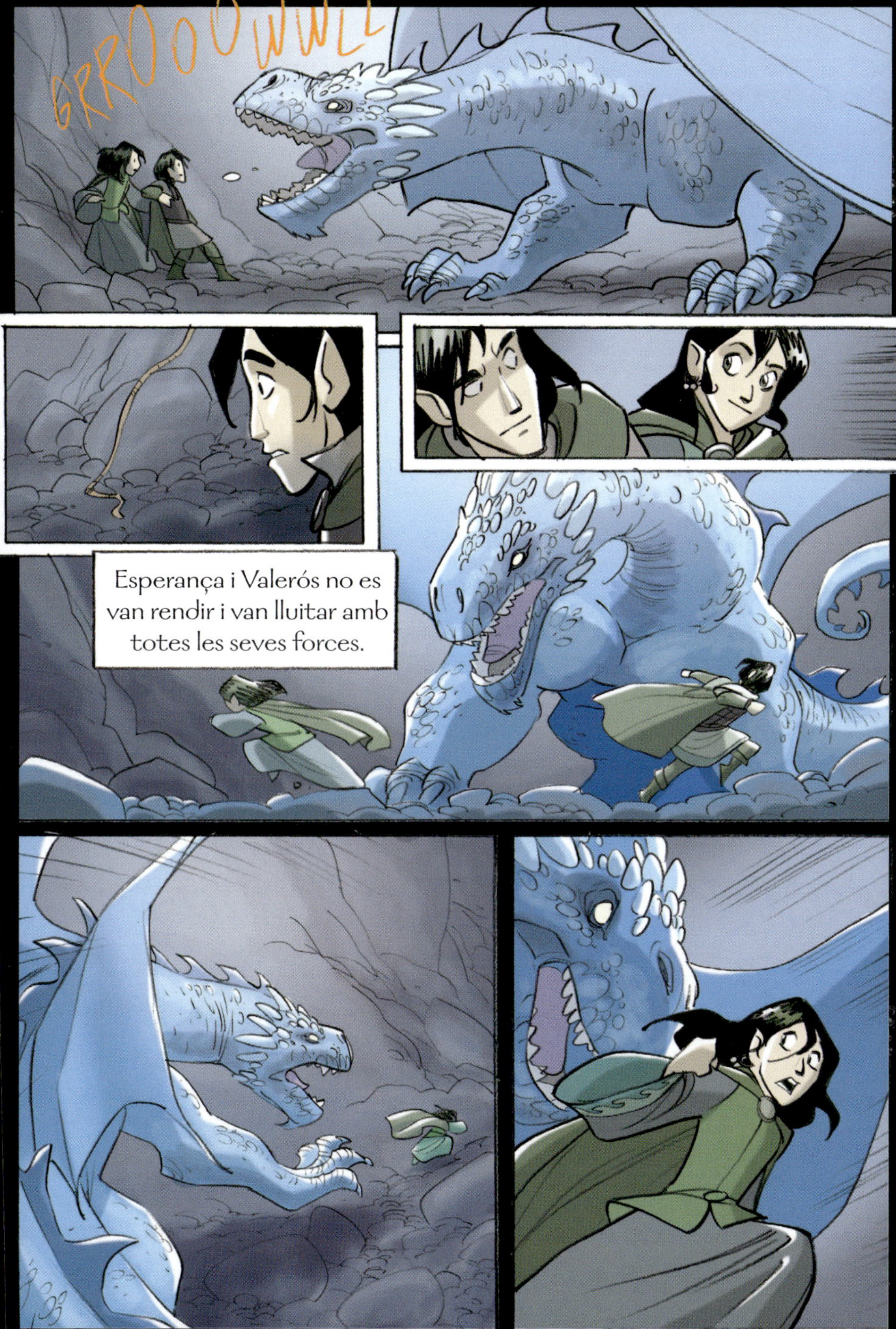
GRROOOWWLL
Esperança i Valerós no es van rendir i van lluitar amb totes les seves forces.

Com Ardit, Valerós també era un guerrer excepcional, coratjós i d'ànima generosa.

Esperançaaaa!!!!
Escapa, Valerós! Escapa, no pensis en mi!

L'elf havia aconseguit fugir abans que ells. Valerós l'havia de trobar: Ardit era un guerrer expert i tots dos salvarien Esperança.
Així, es va capbussar al passatge sota l'aigua que connecta el volcà amb el llac salat i va tornar a sortir a la superfície, a l'exterior de la muntanya.

GRRROOOOWWLL
Després de trobar el seu company, Valerós va comprendre la veritat.

Una veritat terrible. El drac estava furiós perquè algú li prenia els ous. Ardit.
Quan Valerós i Esperança l'havien trobat al volcà, Ardit acabava de robar un altre ou per destruir-lo.
Per a Ardit, l'única manera de mantenir en vida els seus companys era matar el drac i les seves cries.
Aquella matança inútil s'havia d'acabar. Potser si haguessin tornat l'ou al drac, Esperança s'hauria salvat.

Com a guerrer, Ardit estava convençut que aquella era l'única solució possible i es valdria de qualsevol mitjà per dur-la a terme.

Uaaaaaa!!!!
Ardit estava convençut que sense els ous, el drac ja no tindria raons per quedar-se a l'illa. O per tornar-hi. Ni ell ni cap drac blau més.
Valerós, en canvi, creia que els dracs i els elfs podien conviure en pau; per això no podia permetre que Ardit destruís els ous.
Així, es va tirar pel precipici per salvar l'ou, sense pensar en allò que l

Va ser aleshores que Ardit va comprendre el seu error. Va comprendre que havia actuat només per por d'alguna cosa que no coneixia.
Per causa seva, Valerós era mort. Mort per salvar l'ou del drac que tenia presonera Esperança.
Però ja no podia canviar el que havia passat.
Sí que podia, però, fer germinar els somnis de pau i llibertat que Valerós li havia ensenyat amb el seu sacrifici.

KRRRR..
I quan va néixer el cadell de drac va tenir lloc un miracle.
Dos mons completament diferents van esdevenir com una sola cosa.

Molts anys després, Ardit es va convertir en el rei dels Elfs Negres, que es van establir a l'illa.
Va ser el primer que va cavalcar un drac blau.
Amb el temps, la relació amb els dracs es va anar fent cada cop més estreta.
Esperança era la primera Ensinistradora de Dracs.
Però, als seus cors, el record de Valerós els va acompanyar per sempre més.

I així acaba la història d'Esperança i Ardit!
Digueu-me... Voleu saber un secret?
Síííí!!!
Veieu aquest petit fòssil? Pertany a l'ou d'aquell cadell de drac!
Ooooh!
Mentre Feravista acompanya fora Ombrívol i Spica, torna a pensar en els protagonistes de la llegenda que acaba d'explicar.

Ombrívol i Spica s'assemblen molt a Valerós i Esperança. És gràcies a elfs tan nobles i purs que avui l'Illa de la Lluna Creixent ha tornat a ser un lloc que es pot anomenar casa.

[...continua de la pàg. 176]

tre a les Tres Proves i fer-te digne de tenir un drac. Si la reina Flordiana va ignorar les regles, jo no ho puc fer.

–Tot cavaller afrontava les Tres Proves?

–Sí, tot aspirant a cavaller.

–De quines proves es tractava? –va preguntar Ombrívol.

–Proves diferents per a cadascú –va explicar Feravista–. Eren la manera de posar els alumnes davant del seu Rostre Desconegut. I per fer això havien d'afrontar les proves tots sols.

–El Rostre Desconegut?

–L'enemic més difícil de vèncer. La part pitjor de cadascun de nosaltres. Només coneixent-nos profundament a nosaltres mateixos podem aspirar a controlar-la. Ambició. Por. Mesquinesa. Es poden descriure als aprenents, suggerir-los com plantar-hi cara, però ningú no pot ensenyar com combatre-les realment. Per identificar i derrotar les nostres debilitats, cal estar *sols*. Veure's obligat a decidir, saber que tot podria sortir malament malgrat els esforços. I saber-ho acceptar. La presència d'altres durant les proves podria canviar les coses: es pot treure valor de la mirada dels amics, de les seves veus. Però quan s'està sol, només es pot treure del que hi ha dins el nostre cor. Sense haver afrontat les proves, ningú no pot dir que és un veritable cavaller. Jo les he recreades aquí, en aquesta illa, i fins que no les superis pensaré que només ets un jove imprudent i inexpert, i em comportaré en conseqüència.

Ombrívol va prémer els llavis.

–Les teves proves no deuen ser tan fiables si Altamar va poder superar-les i ser tan egoista fins al punt de trair la seva gent –va observar.

Feravista es va aturar tan de sobte que el jove gairebé hi va xocar. L'elfa li va fer una mirada estranya, mentre amb un ràpid moviment una roca negra es movia davant d'ells. Ombrívol ja havia vist el mateix quan Capanegra els havia acompanyat al Ventre de l'Illa.

–No he dit mai que fossin infal·libles, però sí que eren justes. Altamar es va trair a si mateix, abans de trair-nos a nosaltres i a tot el Regne de la Fantasia. Es va trair a si mateix –va repetir Feravista.

Aleshores va aixecar el braç per assenyalar una escletxa negra que s'obria en una paret rocosa.

–Ja hem arribat.

–On?

–Entra al túnel i travessa el cor de la muntanya. Si ho fas, a l'altra banda trobaràs el teu fragment –va dir mentre el mirava. Tot seguit va afegir:– Però si no te'n surts recorda que l'únic a qui ho podràs retreure és a tu. A tu i al teu Rostre Amagat.

Ombrívol va assentir, va tancar la mà sobre Verí i es va apropar a l'entrada del túnel. L'estrella al front va il·luminar feblement la galeria rocosa immersa en la foscor. Va pensar en el seu pare.

–Endavant. Tu mateix has dit que a l'Illa dels Cavallers no li queda gaire temps –el va exhortar Feravista, que el continuava mirant de fit a fit.

Ombrívol va sentir que se li encongia el cor i, abans d'entrar al passatge, va preguntar:

–M'enduc Verí i l'Anell de Llum. Consideraràs invalidada la prova, per aquesta raó?

–Acceptaré el veredicte de la prova. Cadascú s'hi ha endut sempre allò que considerava útil. Pel que et serviran, armes i màgies...

Ombrívol la va mirar sense dir res i, finalment, amb un sospir, es va girar i va entrar dins la galeria.

Quan es va quedar sola, l'Ensinistradora de Dracs es va tombar per mirar al cel.

–La ferida que va infligir Altamar no guarirà mai, Audaç. Però recorda: un Cavaller de la Rosa només és aquell que és capaç de descobrir els propis defectes i,

tot i això, decideix confiar en ell mateix i lluita per derrotar-los.

Una bufada de vent gèlid va portar el ressò d'un nou i llunyà so de corn.

–Vull venir amb vosaltres –va dir Spica a Capanegra.

L'elf va sacsejar el cap.

–No. Necessito que et quedis aquí i vigilis bé el drac.

–Però us puc ser útil! Sóc bona amb l'arc i ja ens hem enfrontat amb les serps –va insistir ella.

Capanegra va contestar la seva decisió.

–Veraç es quedarà amb tu. La tasca que t'he encomanat és molt més important del que et penses –va exclamar, afanyant-se cap al sender per on havien arribat.

Spica va intentar seguir-los, però una mà li va estrènyer amb delicadesa el braç.

–En un setge cadascú ocupa el seu lloc –li va dir Veraç amb expressió seriosa–. Qualsevol soldat que abandona la seva posició fa el joc a l'adversari. Les Capes Negres són els guardians d'aquesta illa des de fa segles i salvaran el poble, no pateixis. Nosaltres, en canvi, hem de pensar en les altres coses.

–En les altres coses? Quines altres coses? Aquí no hi ha res excepte matolls i roques! –va cridar ella, tancant els punys de ràbia–. No es pot ser tan presumptuós per no acceptar l'ajuda de qui l'hi ofereix! Sobretot quan no només hi ha la seva vida en perill! –va dir en un sospir, com si parlés gairebé a si mateixa.

Per a sorpresa seva, Veraç va somriure.

–Crec que Feravista es va equivocar amb tu, com s'equivoca amb el teu amic. La frase que has pronunciat demostra una saviesa que tu primer hauries d'adoptar ara... La teva ajuda no ha estat rebutjada, em sembla.

–Però com puc ser útil, aquí?

–Protegint a qui no ho pot fer sol.

Al rostre de Spica es va dibuixar una expressió d'interrogació.

Veraç l'hi va explicar:

–Hem de protegir un tresor preciós, jove Estelada!

–Un tresor? Vols dir que aquí...?

Veraç va assentir.

–Aquí va quedar un ou de drac que encara no s'ha obert. No te n'havies adonat?

Spica va mirar al seu voltant una mica ansiosa, buscant l'ou amb els ulls.

–No, és fosc. On és?

Veraç va riure sorneguer i li va posar una mà a l'espatlla.

–Els ous de drac blau es camuflen molt bé; no es troben fàcilment. Cal saber-los reconèixer i fins i tot així no és fàcil. Conec un elf que va construir una casa damunt d'un ou de drac... Ni més ni menys que un Elf Negre, expert en dracs! I, per totes les pedres voladores, no li va fer gens de gràcia quan es va obrir!

Amb un sospir, Spica es va tornar a penjar l'arc a l'espatlla. Va aprofitar el bon humor de Veraç per fer-li una pregunta que la turmentava:

–Per què Feravista sembla que no es creu res del que li hem dit? Ni tan sols sembla que cregui en les fades... Està tan plena de ràbia!

L'elf va sospirar.

–Tens raó. Però no farà cap mal al fill de Cortenaç. Farà només el que ha de fer –va respondre misteriosament, i se'n va tornar a la vora del foc.

Spica es va acostar a Cuatallada i es va arraulir a la seva cuirassa d'escates lluents.

–No t'amoïnis, Ombrívol sap el que fa –va dir, més per tranquil·litzar-se ella mateixa que no pas el drac.

Cuatallada va fer un lleu esbufec, la va mirar abatut i va tornar a escrutar la foscor, per allà on Ombrívol havia desaparegut feia una estona.

El so d'un altre corn va ressonar en l'aire negre de la nit i es va apagar. Després el silenci ho va engolir tot.

El sender que Ombrívol estava recorrent era tan estret que semblava que les parets fosques el volguessin escla-

far. Mentre avançava, la tímida llum al seu front dibuixava reflexos platejats a les roques.

Tenia el cap ocupat per multitud de pensaments. Les paraules de Flordiana li ressonaven a les orelles a cada pas. Els fragments ja trobats representaven el Passat i el Futur dels cavallers. El tercer, en canvi, feia referència al Present... i a ell.

Troba el tercer fragment i tindràs la clau del Present: simbolitza la teva vida, els teus somnis i el teu cor. Serà la tasca més àrdua.

Es tractava, doncs, del fragment més important. Sense aquest, tot el que s'hagués fet fins aleshores no serviria de res.

Mentre parlava amb Feravista, s'havia adonat que, per primer cop, estaria realment sol. Fins i tot quan en el passat les bruixes l'havien separat dels amics, havia trobat ajuda i força en Cuatallada; n'havia nascut l'aliança que encara avui el feia sentir fort i orgullós. Ara, en canvi, només es tindria a si mateix. S'hauria d'enfrontar amb el seu Rostre Desconegut, fos quin fos. Un pensament el turmentava sobretot: què passaria si defraudava les expectatives de la Reina de les Fades o si no recuperava a temps l'últim fragment? Es veia capaç d'acceptar el fracàs de la missió? Què li passaria, si no aconseguia salvar l'Illa dels Cavallers i retornar la vida a tots els qui ara estaven petrificats?

De cop i volta, va sentir que aquella seguretat que havia mostrat davant Feravista trontollava, i fins i tot la confiança de Flordiana li semblava infundada: com podia saber la Reina de les Fades què passaria si ni tan sols podia ajudar-lo? I com podia, un cop més, haver dipositat tantes esperances en ell, un simple jove elf?

14
La Primera Prova

Ombrívol avançava a les palpentes pel túnel, amb el cor angoixat.

Ell es va trair a si mateix abans de trair-nos a nosaltres i tot el Regne de la Fantasia, havia dit Feravista amb la seva veu ferma, referint-se a Altamar.

Què volia dir, trair-se a si mateix? I per què les paraules de Feravista l'havien trasbalsat tant?

Una bufada d'aire humit li va fregar la cara i el va apartar dels seus pensaments. Potser estava a punt de sortir finalment a l'exterior?

Una gota li va caure al cap: l'aigua es filtrava per la roca negra i mullava el fons del túnel.

Ombrívol va continuar avançant, en tensió per intentar descobrir què l'esperava. Però només sentia el so dels seus passos i el batec del seu cor.

Finalment, una reverberació de llum va il·luminar el túnel, que va desembocar en una gruta. Ombrívol va sospirar: per fi havia arribat en alguna banda.

El fons irregular de la cova estava xop d'aigua i brillava en la feble claror blava que provenia d'una obertura superior i que es refractava a les pedres negres.

Empunyant Verí amb força, Ombrívol va avançar a poc a poc, esperant un atac d'un moment a l'altre, però al cap d'una breu inspecció es va convèncer que no hi havia cap perill. Només pedres relliscoses i aigua.

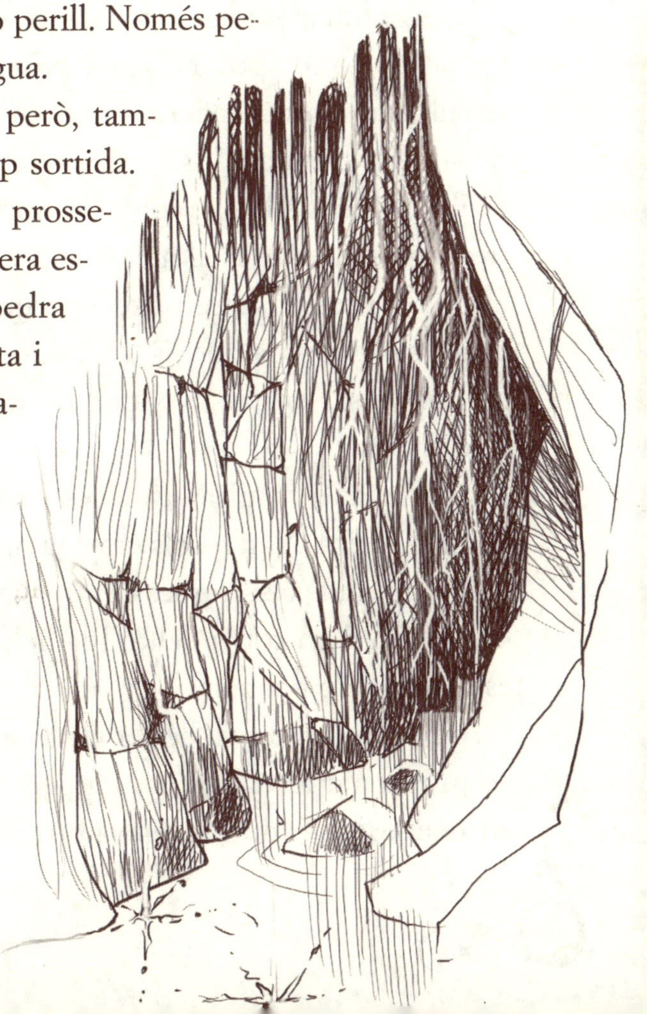

Malauradament, però, tampoc no hi havia cap sortida. L'única manera de prosseguir semblava que era escalant la paret de pedra que tancava la gruta i que acabava just davant de l'obertura per on es filtrava la claror. Ombrívol s'hi va acostar i va notar diverses protuberàncies i esquerdes que podria aprofitar per escalar. Amb un cop d'ull va escollir la via que li semblava més bona, va buscar el punt d'on sortir i, apartant tots els dubtes i les pors que semblaven fer-se gegants en aquell lloc misteriós, es va lligar Verí a l'esquena i va fer un salt per agafar-se al primer sortint.

No hi havia temps a perdre.

Es va enfilar només a força de braços, i li va costar trobar un lloc on posar els peus. Escalar per allà no seria senzill, va pensar, apesarat: la pedra oferia bons punts de suport, però era llisa i estar-s'hi gaire estona no era fàcil. Amb una ullada ràpida, Ombrívol va examinar altres suports; va triar el menys incòmode i amb un gran esforç es va aconseguir aixecar. Pujava lentament, guanyant cada vegada només uns pocs centímetres i mirant de no pensar en res més que no fos fer un moviment rere l'altre.

Esbufegant, va mirar avall i es va adonar que no havia fet gaire camí. Ni tan sols era a la meitat de la paret. Va mirar amunt i va serrar les dents: trigaria un segle a arribar al cim, i un cop a dalt, l'Illa dels Cavallers ja hauria estat engolida pel mar!

Amb prou feines va poder fer fora aquell pensament i va provar un altre suport. La pedra se li va esmicolar entre els dits. Ombrívol en va buscar un altre: el va trobar més a la dreta, en una posició arriscada per arribar-hi. Però ho havia d'intentar.

Amb un esforç enorme, va desplaçar tot el seu pes en el suport del peu dret, va allargar la mà tant com podia i va mirar enfora. Va tocar el suport, però no s'hi va poder agafar. Per aconseguir-ho, hauria de saltar.

Va dubtar, buscant una via alternativa. Si queia, les roques potser no li donarien una segona oportunitat. Però semblava que no tenia cap altra elecció.

Va tancar els ulls, va intentar visualitzar el sortint davant seu i va imaginar el moviment que hauria de fer.

La sang li va començar a brunzir a les orelles. Va flexionar les cames i estirant el braç al màxim va saltar de costat. Amb la mà va aferrar la roca negra i lluent.

Per un moment, Ombrívol ho va celebrar, però l'alegria no va durar gaire. Els dits s'havien arrapat a la pedra, però el suport estava humit i relliscós a causa de l'aigua que regalimava al llarg de la paret.

No es va poder agafar més i Ombrívol va caure avall.

Amb un soroll sord, el seu cos va topar violentament contra el terra; una forta fiblada de dolor el va envair mentre jeia, immòbil, a l'estrat d'aigua que recobria el terra rocós. El cop li havia tallat la respiració. Ombrívol va trigar una estona a trobar la força per tornar-se

a aixecar. Havia picat amb una cama contra la pedra. Afortunadament no estava trencada, però una llampegada de dolor el va travessar quan es va fregar el turmell. Es va adonar que en aquelles condicions no podia continuar. Si més no escalant.

Durant una estona llarga es va deixar endur pel desànim i va caure a terra. Va mirar la paret per on s'havia precipitat i se li va glaçar la sang a les venes: havia estat imprudent. I molt afortunat: si hagués caigut d'un punt més alt no hauria tingut esperances de sobreviure. Però ara com afrontaria les Tres Proves, si ni tan sols era capaç de superar aquell pou? Lentament, mirant de no deixar-se vèncer pel dolor, es va asseure i va analitzar la situació.

No es podia rendir. Encara no. Hi havia d'haver una manera de continuar i l'havia de trobar.

Traient forces de flaquesa, Ombrívol es va alçar i,

coixejant, es va recolzar a la paret de pedra. Es va passar la mà pel front per apartar-se els cabells xops de suor.

De sobte se li va acudir una idea.

Hi havia una cosa que fins aleshores no havia tingut en compte: que aquella fos la Primera Prova. Superar un desnivell com aquell sense cap ajuda era un obstacle que un cavaller es podia trobar davant seu en qualsevol moment.

Va empetitir els ulls i va mirar al voltant un altre cop. Què li havia passat inadvertit? Què hi havia allà a banda de pedres i aigua?

–Res més que aigua i pedres negres –va murmurar.

Només llavors, de sobte, va saber què havia de fer.

Poc després, Verí s'abatia sobre la paret de roca i penetrava a través d'una escletxa oberta per l'aigua com si fos una falca. Un núvol d'espurnes es va aixecar en aquell punt, i Ombrívol va agafar l'empunyadura amb totes les seves forces i la va clavar fins al fons.

Es va produir un so de roques esquerdades i Ombrívol, fent palanca, va arrencar una gran llosa de pedra negra. El fragment va caure endavant i va planar a mitja altura davant seu. Sí, era just el que havia imaginat!

La pedra negra, com altres vegades havia observat, podia flotar. I aquella llosa surava!

Amb el cor exultant, Ombrívol es va enfilar a la pedra i s'hi va posar dret, mirant de mantenir-se en equilibri tot i el turmell adolorit.

Estava a prop de la paret, però no prou. Es va agafar a una protuberància i a força de braços i cames va poder arrambar la llosa flotant a la paret humida i relliscosa. A cada moviment sentia un dolor punyent al turmell, però amb lenta determinació va buscar una altra escletxa, va treure de nou Verí i la va clavar tan endins com va poder. Se'n van desprendre tot de guspires vibrants, i amb un espetec un segon fragment de roca es va separar donant voltes en l'aire.

Doncs bé, si allà no hi havia escales, les hi faria ell. Serien, va pensar Ombrívol amb un somriure, escales voladores.

15
Esteles platejades

Spica es va quedar una bona estona esperant enmig de la foscor i l'aire fred del Cràter Septentrional, amb la sensació de ser inútil.

Veraç seia al voltant del foc i cantussejava en veu molt baixa. Ja feia hores que no se sentien sons de corn, però Spica no estava segura que això fos un bon senyal. Ningú no se li havia acostat per anunciar-li que la batalla s'havia acabat i que havien derrotat les serps, de manera que qualsevol cruixit dels matolls i el més petit so la feien estar alerta.

Tot i saber que era allà amb un objectiu, es continuava preguntant si no hauria estat més útil anant al poble.

Incapaç de quedar-se quieta més temps, la noia es va aixecar i es va endinsar entre les mates, a la vora externa del cràter, per intentar saber què estava passant, però l'únic que va veure va ser la llum dels estels que refulgia damunt les onades del mar.

Veraç la va mirar atent.

–Penso que de moment estem segurs.

–Com ho saps? –va preguntar ella, impacient.

–Capanegra ha tancat el sender darrere seu, movent les pedres negres al llarg del camí –va explicar l'ancià elf–. És així com isolem un cràter de l'altre: d'aquesta manera, en el cas que en trobessin un, no podrien trobar els altres.

–I què et fa pensar que les serps no siguin capaces de moure les pedres com ho fa ell?

–Els Elfs Estelats sempre fan moltes preguntes, oi? –va somriure Veraç.

–En fan només quan no entenen alguna cosa. Que no ho fan així, els Elfs Negres? –va replicar ella, una mica picada.

–Oh, sí, esclar. I alguns més que d'altres. Et vaig veure parlar amb Vistaguda; és una nena que té molta curiositat –va dir Veraç amb un punt de tendresa als ulls–. Però a ella, com a tots els nostres joves, se'ls ensenya a observar perquè busquin ells sols les respostes a les preguntes. Perquè moltes ja les tenim davant dels nostres ulls... N'hi ha prou a saber mirar.

Spica va sospirar.

–El meu pare també ho deia sovint, això.

–És un elf savi, doncs. En deus estar orgullosa. Això

no treu que de vegades les preguntes siguin indispensables –va afegir Veraç–. Nosaltres us n'hem fet moltes a vosaltres. Pregunta'm, doncs, el que vulguis i et contestaré amb molt de gust.

–Sembla que saps moltes coses dels dracs blaus –va comentar Spica.

Ell va assentir.

–El coneixement profund que els Elfs Negres tenen d'aquests dracs és molt antic i es transmet de generació en generació. Ben pocs de nosaltres, però, poden presumir a la seva vida d'haver vist dracs adults. Jo n'he vist moltíssims, però generalment eren cadells, que no tenien més de vint o trenta anys com a màxim..., una mica com el vostre amic. Els dracs blaus tenen vides molt llargues i passen per aquesta illa un cop cada cent anys per pondre-hi els ous. Ningú no sap com s'ho fan per trobar-la: potser els guia l'instint, o potser els llamps... Però només en aquell any, bandades senceres de dracs blaus s'aturen aquí en les seves migracions, durant alguns mesos, i ponen els ous. Milers

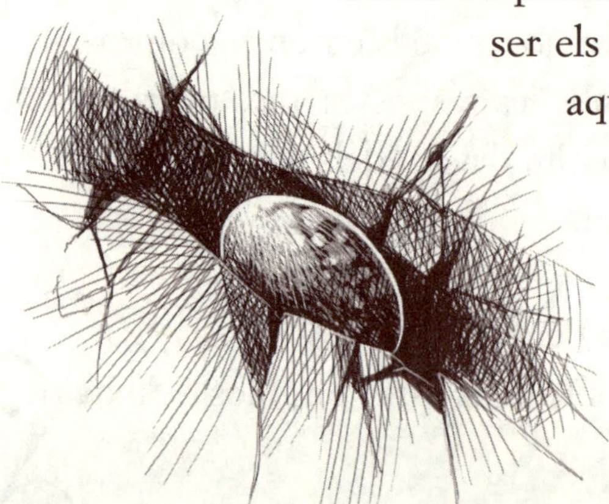

d'ous que després s'obren lentament al llarg dels anys següents.

–Però no s'han de covar?

Veraç va negar amb el cap.

–No. És l'illa la que s'ocupa dels ous. Aquesta terra és especial. Atrau els llamps i en conserva l'energia per als dracs. Sempre ha estat així. Quan els núvols de tempesta tapen l'horitzó, aquella immensa força del cel descarrega a terra i passa als ous, que arriben a madurar en moments diferents segons el punt de l'illa on s'han post, ajudats també per l'escalfor del sol. Els primers que trenquen la closca són els dracs que es troben a la part sud-oest de l'illa, perquè és on cauen més llamps, mentre que els últims..., bé, un dels últims és aquí.

–Però quan s'obren els ous, els dracs estan sols. Com sobreviuen si ningú no se n'ocupa?

–Ben aviat són capaços de sortir-se'n per ells mateixos. És la seva naturalesa. Els primers temps s'alimenten d'aquestes roques negres, després de peixos. Volen sobre el mar i pesquen, seguint el seu instint. I com que nosaltres ens ocupem dels ous, ens reconeixen. L'aliança entre dracs i Elfs Negres es perd en la nit dels temps –va sospirar Veraç–. Quan els cadells es fan prou grans, se'n van i desapareixen, volant vés a saber on per rutes que només ells coneixen, per reunir-se amb bandades salvatges. N'hi ha alguns, però, que tornen enrere i escullen quedar-s'hi. Un cop l'any, l'Ensinistrador de Dracs de l'Illa dels Cavallers venia aquí a agafar els dracs que triaven no allunyar-se i se'ls enduia per ensinistrar-los per al combat.

Spica es va esgarrifar.

–És terrible –va dir amb tristesa.

–Terrible? Els dracs blaus són criatures dignes i coratjoses com poques, i si el lligam amb els seus cavallers és fort poden arribar a sacrificar la seva vida per protegir-los... Per tant, acostumar-los a la batalla només vol dir fer que siguin capaços de sobreviure. I alhora de protegir el món.

Spica es va entristir.

–A l'Illa dels Cavallers vam veure els ossos de molts dracs morts al costat dels seus cavallers.

Veraç va assentir.

–L'Ensinistrador m'explicava que els dracs que vivien a l'Illa dels Cavallers establien entre ells amistats i aliances com en una bandada lliure, creant una mena de família de la qual formaven part també els seus cavallers. Tractaven els nouvinguts com els seus cadells i els protegien, ensenyant-los les bases de la vida a l'Illa.

–Cuatallada va créixer sol, entre els orcs: potser per això és tan desconfiat amb tothom?

–Les experiències per les quals passem cadascun de nosaltres ens fan diferents els uns dels altres, sí, però no oblidis que Cuatallada abans que res és un drac, i per tant per si mateix és una criatura forta i ferotge, difícil de domar –va dir Veraç, però les seves paraules van ser interrompudes de cop per un vibrant so de corn.

Semblava una última i desesperada demanda d'ajuda.

Spica es va estremir.

Fins i tot Cuatallada va aixecar el cap.

–Prou! –va exclamar decidida–. He de fer alguna cosa!

–No hi ha res que puguis fer! –va intentar aturar-la Veraç, mentre Spica s'acostava ràpida a Cuatallada–. No trobaries el poble tota sola, no és visible als ulls dels dracs i està ple de parallamps. Encara que volguessis matar les serps no podries!

–Llavors volarem al voltant de l'illa. Les serps platejades es mouen per l'aigua i estic segura que podrem fer alguna cosa!

–Com? –va preguntar Veraç.

–Tinc l'arc que em va donar Flordiana! –va respondre orgullosa ella.

–Un arc només? Creus que faria alguna cosa contra les serps platejades? Fes-me cas, noia, queda't aquí.

–Per què? Tu mateix has dit que Capanegra ha tancat el sender, que les serps no trobaran el camí fins aquí. I el vessant de la muntanya és massa vertical per escalar-lo. Vistaguda, el ferrer i els altres elfs del poble, en canvi, estan en perill. No em puc quedar de braços plegats mentre m'ho miro –va replicar Spica, tancant els punys.

Veraç va veure l'estrella brillar intensament al front de la jove i va bellugar el cap, fent un sospir.

–D'acord, doncs. Si les serps us han seguit el rastre fins aquí deuen haver arribat a través del Camí del Drac. És l'únic accés al nostre poble des de l'aigua.

Spica va assentir i va estrènyer la mà de l'elf.

–Gràcies –va murmurar–. Tornarem aviat.

Va acariciar el coll de Cuatallada, que va fer un rugit i es va posar en la posició que adoptava quan s'hi havia d'enfilar Ombrívol.

Fent un bot, la jove Estelada va pujar a la sella:

–Vinga, amic meu, hem fer entendre a aquelles serps que aquest no és lloc per a elles!

D'un salt, Cuatallada va arrencar a volar.

Mirant avall, Spica va veure com el Cràter Septentrional s'allunyava en la foscor del mar a sota seu.

Veraç es va quedar sol contemplant l'horitzó, força amoïnat.

Mentre Cuatallada volava al voltant de l'illa, Spica sentia el cor que li bategava amb força. Uns núvols esponjosos tapaven a estones els estels, i aquella lluna somorta que ara sortia no la va fer sentir millor.

No era la primera vegada que muntava dalt de Cuatallada tota sola. Ja ho havia fet a l'Illa dels Cavallers, quan ella i el drac s'havien enlairat per ajudar Ombrívol, immobilitzat després de caure del far, i

allà, a l'Illa de la Lluna Creixent, per salvar el seu amic del corrent del llac salat que el Reclam dels Mars havia atret.

Ara, el drac també havia decidit ajudar-la sense protestar, responent amb una rapidesa que només demostraria al seu cavaller. Ella se'n sentia orgullosa i agraïda, però alhora també terriblement espantada. No sabia quina era la millor manera de donar-li ordres i això es podia acabar convertint en un problema.

Va intentar indicar-li que baixés com feia Ombrívol, però Cuatallada no semblava entendre-la. Spica ho va tornar a provar diversos cops i finalment li va cridar desesperada que baixés.

Cuatallada va rugir. Va batre les ales al vent fent soroll, després les va plegar i es va llançar en picat cap a l'illa.

Per un moment, Spica va pensar que s'estavellarien, però sabia que havia de confiar en el drac.

Cuatallada va tornar a obrir les ales i va planar molt ràpid.

Una llarga franja blanquinosa va aparèixer al mar negre, mentre un munt d'esteles platejades es movien sinuosament davant l'entrada del túnel submarí al llac salat.

El nítid mirall d'aigua a través del qual Ombrívol i ella s'havien capbussat estava atapeït de serps marines. Spica va agafar l'arc, va treure una fletxa i després una altra mentre passaven per sobre del llac.

Les fletxes centellejaven, dibuixant esteles resplendents en la nit, abans de travessar les serps.

Però allà on Spica disparava, tot de criatures horribles sorgien del mar.

Cuatallada va bramar i va esbategar les ales, com suggerint-li que li deixés fer a ell.

I Spica li va fer cas.

–Sí! Tens raó! Només tu seràs capaç d'aturar-les! Fulmina l'entrada del Camí del Drac! –va cridar al vent.

Aquesta vegada Cuatallada va semblar entendre-ho a la primera. El drac sabia que part de l'energia del seu llamp seria desviada i absorbida pels prismes voladors que envoltaven l'illa, de manera que va multiplicar les forces.

La noia va notar com el drac tensava els seus potents músculs, arquejava el coll, i com, amb un llampegueig increïble, l'energia passava pel seu cos, s'hi concentrava i després sortia a fora per la boca. Va veure com el llamp feria la nit i espetegava a les roques, amb una resplendor que la va obligar a tapar-se els ulls.

Els parallamps que giraven al llarg de les costes estaven molt lluny per poder absorbir tota la potència d'aquell llamp extraordinari.

Un núvol de vapor es va elevar de l'aigua, i tot de minúsculs llamps van recórrer l'illa. Finalment, en l'aire va ressonar llunyà el so d'un enfonsament.

16
La Segona Prova

Amb un extraordinari esforç, Ombrívol es va enfilar a l'última llosa i va esperar que deixés de bascular.

Quan va aixecar la vista, es va quedar amb la boca oberta: més enllà de l'obertura al sostre de la gruta s'entreveien dos prismes de roca negra entre els quals vibrava un llamp. Es tractava d'aquella llum que il·luminava la gruta sota seu amb reflexos blaus. I alguna cosa li deia que aquell llamp estava relacionat també amb la capacitat de les lloses de pedra de flotar, igual que passava amb els prismes negres al llarg de la costa de l'illa.

Serrant les dents per l'esforç, d'un salt es va enfilar per sobre de l'obertura i es va llançar a rodolar per terra, damunt la roca pelada.

El brusc contacte amb el terra li va provocar una punxada de dolor a la cama, i va deixar anar un crit escanyat. Petites descàrregues de llamps van esclatar tot al voltant, i durant un moment Ombrívol es va quedar a terra, a l'aguait. Després es va arrossegar allunyant-se del llamp i va intentar aixecar-se.

Mirant al voltant, es va adonar que devia haver arribat al lloc de la Segona Prova.

Era un saló fosc, ple de roques voladores. A l'altre costat de l'àmplia sala semblava que s'obria un passatge. No hi havia amenaces evidents, i malgrat això hi havia alguna cosa inquietant en aquell lloc. Alguna cosa que li feia sentir un nus a l'estómac.

Amb l'estranya sensació que l'observaven, el jove cavaller va treure Verí de la funda que s'havia lligat a l'esquena, va agafar aire i va fer un pas endavant.

Va avançar coixejant cap al que semblava la sortida, però al cap d'uns quants metres es va adonar que alguna cosa no anava bé. Malgrat que el pendent no havia augmentat, era com si el terreny s'hagués tornat més costerut, com si una força externa l'esclafés des de dalt i l'obligués a avançar cada vegada més a poc a poc, fent cada pas més feixuc que l'anterior.

Esbufegava i tenia la sensació irreal d'estar dins d'un somni. De sobte va sentir un esclat; es va aturar i va mirar enlaire. Les pedres negres, que fins feia uns moments s'havien limitat a flotar damunt el seu cap, es van moure de cop, com si fossin llançades per gomes elàstiques.

Ombrívol es va apartar cap a un costat just a temps per evitar que el toquessin. Va rodolar per terra i es va intentar aixecar amb les cames que li tremolaven, però alguna cosa el frenava i el feia relliscar.

Després d'un feble cruixit, la sala va recuperar l'estabilitat. Però ara una força invisible arrossegava Ombrívol cap enrere i l'allunyava de la sortida. Concentrant-se amb dificultat en cada múscul del seu cos i intentant mantenir Verí en posició de guàrdia, Ombrívol va avançar ara un peu, ara l'altre. La cama li feia mal i això no facilitava les coses. Gairebé havia arribat a la meitat de la gruta quan va sentir un altre espetec. Sense deixar-li temps de saber què passava, les pedres es van tornar a moure i la força que fins aleshores el retenia i el frenava, va envestir-lo lateralment i el va projectar contra la paret de roca.

Ombrívol es va tirar a terra intentant oposar-hi resistència i, fent un bot que li va costar una sentida fiblada a la cama, va intentar agafar-se al terra irregular. Però les pedres se li esmunyien dels dits. Semblava que algú estigués jugant amb ell, va pensar amb desesperació, sense trobar la manera d'oposar-se a aquella força que el subjectava i el llançava d'una banda a l'altra de la sala com un ninot. A més, no trobava on agafar-se amb les mans. Al final va veure una roca que sobresortia i s'hi va aferrar amb totes les seves forces, però es va adonar que no podria continuar aguantant Verí i agafant-se al mateix temps.

Havia d'escollir. Just aleshores l'espasa va refulgir amb una llum verda i se li va escapar de la mà.

Com un punyal llançat en la foscor de la gruta, Verí va ser arrossegada, i dringant va anar a petar contra la paret.

Ombrívol va fer un crit i llavors la pressió va disminuir lleugerament.

Tot el seu cos gemegava, però el noi ni tan sols va pensar en la possibilitat de renunciar a arribar a la sortida. Va mirar la resplendor verdosa de Verí i va decidir que no podia tornar a agafar-la, no hi havia temps.

Havia perdut la seva preciosa arma. Ara hauria d'afrontar les amenaces amb les seves pròpies forces... En seria capaç?

A còpia de voluntat, es va obligar a no cedir a la desesperació i, com que no aconseguia aixecar-se, es va arrossegar endavant, avançant feixugament de quatre grapes. Va arribar fins a un punt protegit per una roca i amb un sospir va intentar descansar.

Igual que amb l'escala voladora, hi devia haver una manera de superar aquella prova amb les seves pròpies forces, tot i que no era capaç de trobar-la.

Es va eixugar la suor que li cobria el rostre, esbufegant. Què podia fer? Què hauria fet Spica? Hauria desitjat tant tenir-la al seu costat en aquell moment!

I el seu pare? Ell segur que hauria trobat una solució, era un cavaller.

El record de Cortenaç li va omplir el pit de tristesa i de dolor. Si no superava les proves no el tornaria a abraçar mai més. I la gent a l'Illa dels Cavallers es quedaria atrapada en el seu son de pedra fins a l'eternitat, al fons del mar. No es perdonaria mai una cosa així!

Sentia que el cor li bategava fort al pit, gairebé com si volgués sortir de la cota de malles que el seu pare li havia donat.

–No! –es va dir de sobte a ell mateix fent un crit. Havia de parar de pensar en totes les coses terribles que passarien si no aconseguia salvar-los, havia de deixar de lamentar-se. No podia ni havia de rendir-se!

Mentre tractava d'animar-se, li van tornar al cap les paraules que el general Aldebaran repetia sempre al campament d'instrucció al Reialme de les Estrelles: *No pensis només en tu mateix. No som elfs quan duem l'armadura! Som allò que s'interposa entre una espasa esmolada i els innocents!*

Allà no hi havia armes, però hi havia molts innocents, i per salvar-los hauria de ser capaç de superar les dificultats.

Es va girar, va fer el cor fort i es va posar novament en marxa. Va avançar una mica, com si anés a contracorrent, es va arrossegar un tram més fins que ja veia la sortida a l'abast; aleshores, com ja havia passat, hi va haver un nou estrèpit i el món va semblar tombar-se.

Ombrívol va ser arrossegat a l'altre costat de la cova amb tanta força que no va poder oposar-hi resistència. Darrere seu va sentir dringar Verí, i tot seguit va veure com xocava contra la paret al mateix moment en què també ho feia ell. Els pulmons se li van buidar i durant uns moments els seus ulls només van veure boira.

El jove cavaller va sentir una profunda sensació de frustració. Va esperar que la força disminuís, però aquest cop no va passar.

Estava esclafat contra la paret per una massa invisible. Va intentar pensar. Estava sol, amb l'única companyia del feble centelleig de Verí, immobilitzat a la paret exactament com ell..., quan de cop i volta se li van il·luminar els ulls.

Verí era una espasa. Era *metall.*

L'hi havia estat arrencada de les mans com atreta per un imant i ara estava encastada a la paret. *Metall!* Aquella era la clau de tot! Ell també vestia amb metall!

Va intentar moure la mà esquerra i va desenganxar els gafets de la seva cota de cavaller. Amb esforç en va afluixar un, després un altre i així seguit. Aixafat com estava pel seu pes, li va ser difícil treure's la cota, però final-

ment, enmig de contorsions doloroses, Ombrívol ho va aconseguir.

Va provar de desempallegar-se també de l'Anell de Llum: des que se l'havia posat al dit no se l'havia pogut treure mai, però aquesta vegada l'Anell, atret amb força per la paret, va sortir dòcilment de la seva mà i dringant es va encastar perfectament a les roques negres.

Lliure per fi, amb un sospir d'alleujament Ombrívol va aconseguir allunyar-se de la paret. Coixejant, va arribar a la sortida i es va llançar rodolant per terra, agafant aire.

Just aleshores, un altre esclat va ressonar com un terratrèmol a l'estranya gruta, i les roques voladores van girar vertiginosament cap amunt, mentre a sota Verí, la cota de malles i l'Anell de Llum van volar d'una banda a l'altra i es van estavellar contra la paret de pedra.

Amb una esgarrifança, Ombrívol va continuar i va

desaparèixer a l'ombra d'una nova galeria, ara sense cap protecció.

Fos el que fos que l'esperés al fons del camí, ho hauria d'afrontar només amb les seves forces.

17

El tresor de l'illa

La lluna resplendia ben alta al cel negre quan Veraç va sentir el so d'unes ales imponents que vibraven en l'aire i es va tombar cap a l'est uns segons abans que una ombra gegantina cobrís les estrelles.

Les potes de Cuatallada van tocar lleugeres el terra. Spica va desmuntar de la sella, amb la cara pàl·lida, els cabells despentinats i els ulls envermellits pel vent. La seva mirada era ferma i serena, com si una flama hi cremés a l'interior.

Veraç la va mirar amb aire interrogatiu i ella va apuntar un somriure.

–L'entrada del Camí del Drac s'ha ensorrat. Ja no arribaran més serps al poble. Almenys no des d'allà –va dir, seient damunt una pedra i sospirant.

El vell elf se li va acostar i va somriure també, posantli la mà a l'espatlla.

Durant una bona estona ella no va dir res més, i a la fi

es va deixar caure lliscant amb l'esquena contra la pedra, es va amagar la cara entre les mans gelades i es va quedar allà immòbil.

Aleshores Veraç se li va asseure al costat i va començar a cantar en veu baixa una estranya cançó que Spica no havia sentit mai. Parlava dels dracs i de la soledat de l'Illa de la Lluna Creixent. A poc a poc, la por, el dolor, la ràbia i la frustració es van anar desfent al cor de la noia.

–No ho havia entès mai –va dir, quan Veraç va acabar de cantar–. No havia entès mai què significava de debò muntar un drac com Cuatallada.

L'ancià elf va mirar la noia: tremolava, i el drac semblava preocupat per ella.

–No m'havia adonat mai de com podia ser de... terrible –va continuar la jove Estelada–. Estava enfurismat, tan enfurismat amb aquelles serps que quan les ha fulminat tota l'illa ha tremolat violentament i l'entrada del túnel s'ha enfonsat i jo... jo pensava que aquell llamp ho destruiria tot. Durant uns moments em creia que jo també moriria. Amb Ombrívol no s'havia comportat mai així. Mai, ni tan sols per defensar-lo. Espero que allà baix no hi hagués elfs també... Espero que... –La seva veu es va trencar.

Cuatallada va remugar i va llançar una ullada al cràter.

Veraç s'havia quedat quiet, reflexionant sobre les paraules de la jove elfa.

–Ara, doncs, ho has entès. El lligam entre un drac i el seu cavaller és especial perquè tots dos senten allò que sent l'altre: ràbia i por, o bé felicitat i impaciència. Per això un drac blau no és només un company de viatge. I per això un cavaller no pot ser escollit de qualsevol manera, perquè ha de ser ferm i fort per mantenir sempre el control, fins i tot en els moments més terribles. Si no, tenir a l'abast tota la potència destructora d'aquestes criatures li pot pujar al cap, com li va passar a Altamar, o bé el pot espantar fins al punt de fer-li perdre la lucidesa i convertint-lo en un perill per a ell mateix i per als altres. Els dracs també tenen emocions; si se senten amenaçats defensaran allò que els pertany: llavors poden ser terribles. És el que li ha passat a Cuatallada. Crec que el drac només volia mantenir la paraula que havia donat al seu cavaller.

–La paraula? –va preguntar ella, confosa.

–De protegir-te a tu i a aquesta gent –va dir Veraç–. I ara tots esperem que Ombrívol mantingui la seva promesa i torni amb nosaltres.

Spica va tancar els ulls, pàl·lida i cansada.

–He sentit la seva força córrer a través del meu cos, com si fos jo la que hagués de llançar el llamp...

–Un cavaller i el seu drac són una sola cosa –es va limitar a dir Veraç, perdent-se en els seus pensaments.

Aquells dos nois havien estat increïblement hàbils amb el drac, sense tenir cap mena de formació. Potser entre Ombrívol i Cuatallada s'havia format una aliança instintiva, més forta que la que habitualment uneix un drac al seu cavaller. Dues criatures espantades havien unit les seves forces seguint un objectiu comú. Ara, però, l'aliança s'havia de soldar, i tots dos, cavaller i drac, s'haurien de fer adults.

Spica va interrompre les seves reflexions.

–Cuatallada ha escollit Ombrívol –va dir, acariciant les escates del drac–. Com Flordiana, té plena confiança en ell... Per què vosaltres no n'hi teniu gens? No significa res per a vosaltres la paraula de les fades o la fidelitat d'aquest drac?

–Els Elfs Negres són desconfiats per naturalesa. Molts

cavallers van gaudir d'una confiança que no mereixien. És per això que Feravista va ser tan dura amb tu i amb Ombrívol. Va haver de parlar no només per ella mateixa, sinó per tots els cavallers i els habitants d'aquesta illa.

–Ella ha tingut mai un drac seu? –va preguntar Spica.

Veraç va sospirar.

–Cap Ensinistrador no pot tenir un drac seu. Els dracs són gelosos del seu cavaller i tenir-ne un de propi elimina la possibilitat d'ensinistrar-ne altres. Feravista considerava seus tots els dracs que havia ensinistrat i no va ser fàcil per a ella veure'ls morts o petrificats. La cicatriu que té a la cara no és res comparada amb la que té al cor. Malgrat tot, fins i tot en els pitjors moments, no ha perdut mai l'esperança.

–I va portar aquí el fragment –va concloure Spica.

Veraç va assentir.

–No és pas per desconfiança que ha obligat Ombrívol a superar les Tres Proves.

–Aleshores, per què? No ho entenc: hem hagut de fer front a tantes adversitats, per arribar aquí!

–Heu hagut d'afrontar greus perills, és cert, però Ombrívol encara no s'ha enfrontat a ell mateix. De vegades és més fàcil plantar cara als enemics que a les pròpies debilitats. Feravista no està posant a prova Ombrívol; és ell mateix que s'està posant a prova. Però no pateixis: pel que he vist i he sentit d'ell, estic segur que en sortirà victoriós.

Spica es va quedar en silenci durant una bona estona, i finalment va dir:

–El seu pare també va superar les proves?

–Tots els cavallers. Feravista també –va assentir l'elf.

–I en què consisteixen? –va preguntar ella, amb una mirada distant.

Veraç va somriure.

–Oh, això no ho sap ningú. Ara, però, dorm una mica, mentre jo faig guàrdia. Estaré despert fins a trenc d'alba.

Spica va somriure, li va donar les gràcies i va recolzar la cara en les escates del drac, mirant les estrelles al cel com si li poguessin parlar.

El vent fort que anunciava el matí va començar a sacsejar els matolls i va despertar Spica del feble son en què havia caigut en tornar de volar amb Cuatallada. La noia es va sobresaltar.

El drac l'envoltava amb el seu cos enorme, i entre les

seves escates la jove es va sentir protegida. Tenia la sensació de ser a casa.

Es va aixecar adolorida, i es va acostar a la vora de pedra del cràter. Va contemplar el vessant de la muntanya, amb por de veure sortir del mar els cossos platejats de les serps, però només va distingir les crestes d'escuma de les onades.

Tot semblava calmat.

–Quin lloc més estrany, aquesta illa...

I li va venir al cap la cançó que Veraç havia entonat la nit passada.

Sense adonar-se'n, mentre caminava pel cràter es va posar a cantussejar, com molt sovint feia a casa en moments de tanta tranquil·litat que ara semblaven irreals. No volia pensar en serps. No volia pensar en Ombrívol, que s'estava enfrontant a ell mateix vés a saber on. No volia pensar que potser, després d'aquelles proves, Ombrívol se sentiria diferent. I que potser en la seva vida de cavaller no hi hauria lloc per a ningú més a banda de Cuatallada.

Spica va fer fora aquest pensament cantant en veu més alta. No tenia cap motiu per estar tan abatuda. Ombrívol no oblidaria els seu amics. Ni ella tampoc. D'això, en podia estar segura.

Lentament, amb els músculs entorpits que començaven a desentumir-se, Spica es va enfilar a una pedra més alta que les altres per poder mirar a la llunyania, cap a l'Illa dels Cavallers, i va deixar que fos el vent qui cantés, un vent fresc i agradable.

Mentrestant, Veraç l'observava. Se li estava acostant quan un lleu cruixit el va fer mirar enrere.

Una espurna va llampegar entre les roques i el vell elf es va aguantar la respiració.

En aquell matí encara gris, cada pedra del Cràter Septentrional va amplificar el soroll i fins i tot Spica es va girar.

Com si el cant de la jove elfa l'hagués despertat, un dels últims ous de drac blau va vibrar i es va esquerdar. Guspires blaves van esclatar damunt la closca fosca.

Cuatallada es va esmunyir ràpidament però amb suavitat darrere de Veraç. El vell elf mirava atent allò que estava succeint sota els seus ulls. I es va quedar paralitzat, en la claror del matí, contemplant com l'ou de drac es trencava i s'esquerdava per una escletxa lluent d'on va sorgir un raig de llum encegador.

Spica va baixar corrent per la vora del cràter i es va acostar a Veraç.

El tresor de l'illa s'havia despertat i s'obria com una flor amb l'arribada del matí.

Ara només quedarien dotze ous.

Els últims.

18
L'ÚLTIMA PROVA

Tancat al cor fosc de la muntanya, Ombrívol no podia saber que l'alba treia el cap i un nou dia naixia.

En aquella foscor tot semblava molt llunyà. Els seus mateixos passos ranquejants ressonaven distorsionats per aquelles galeries.

Hi havia algú o alguna cosa davant seu? O potser al darrere?

Es va aturar per escoltar, però un rere l'altre els sons van anar desapareixent i es van apagar en un silenci esglaiador.

El jove es va estremir dins la túnica xopa i va continuar caminant, i al cap de poc es va adonar que tenia els peus dins d'un bassal d'aigua. Començava a tenir fred i tot el cos li feia mal, però ara no podia parar. Qui sap quant de temps havia passat des que havia començat les proves i si els altres estaven bé...

On havia amagat Feravista el fragment de l'Escut?

I com podia pensar que allà estava realment en lloc segur? Qualsevol podia superar aquelles proves, si ell se'n n'havia sortit!

Com trobava a faltar l'aire a la cara i el so de les ales de Cuatallada! I com enyorava els estels al cel... En pensar-hi, l'estrella al seu front, l'única font de llum que li quedava, va començar a parpellejar.

Ombrívol es va aturar, amb una sensació de vertigen. Què estava passant?

Instintivament es va posar la mà al front, i la llum de la seva estrella es va afeblir tant que ja no il·luminava ni allò que tenia al davant. El noi es va amoïnar. Només hi havia un motiu pel qual l'estrella d'un elf s'apagava d'aquella manera. Gairebé s'havia apagat al front de Spica quan les serps l'havien atacat i l'havien deixat a un pas de la mort, i ara s'estava apagant al seu front.

Potser s'estava... morint?

No podia ser! Encara caminava, tot i que estava cansat, el cap li repicava i el fred li glaçava els ossos. A poc a poc va anar avançant, recolzant-se a les parets negres i tractant de controlar la por al seu pit. Tot semblava indistingible i emboirat, com si els ulls ja no fossin capaços d'enfocar. De cop i volta, una gèlida ràfega va anunciar a Ombrívol que el passatge s'estava eixamplant. Enmig de laments i fent petar les dents pel fred, va fer uns quants passos en el que devia ser una altra gruta. Va sentir com els pulmons se li omplien d'aire gelat, i un calfred violent el va fer tremolar de dalt a baix i el va obligar a fregar-se els braços contra el cos.

Com era possible que en una illa on havia vist cremar les flames del cor de la terra i on el sol escalfava les roques com si fos un forn fes tant fred?

Ombrívol va avançar amb compte, esquivant una estalactita de glaç esmicolada que havia caigut al mig del passadís, i tot d'una la dèbil llum de la seva estrella va parpellejar i es va apagar definitivament. El silenci el va envair i es va quedar sol i indefens en la humida foscor de la muntanya.

Ombrívol va tancar els ulls i els va tornar a obrir. Amb el cor que li martellejava al pit va mirar al seu voltant, però no era capaç de distingir res. La foscor, densa i opressiva, ho embolcallava tot. Com s'ho faria, per moure's en aquell lloc desconegut sense un mínim de llum?

Es va quedar quiet una estona, fins que es va adonar que si no es movia s'acabaria congelant.

De sobte, un so esmorteït li va cridar l'atenció.

Com un so de passos en la neu.

Va intentar girar-se per plantar cara a un possible enemic, però es va adonar que tenia les cames rígides com dos trossos de gel.

Lentament, la foscor al seu voltant es va omplir d'estranys reflexos, com si estigués impregnada d'una misteriosa font de llum.

Ombrívol va mirar al seu voltant. Es trobava en una mena de petita estança, envoltada d'estalactites recobertes de cristalls, tan llargues que semblaven columnes. I allà, darrere una columna, alguna cosa es va moure.

–Oh, Ombrívol... –va sospirar infeliç una veu.

Spica?, va pensar el jove amb el cor encongit, sorprès i alleujat alhora. Va provar de dir alguna cosa, però la veu no li va sortir del pit.

Què hi feia, allà? Havia vingut per ajudar-lo? Però com s'ho havia fet?

La figura es va acostar una mica, però es va quedar darrere les columnes de cristall. Ombrívol va reconèixer el rostre fi i els ulls enormes de Spica. Hi havia, però, alguna cosa estranya. La seva cara pàl·lida va dibuixar un somriure tan trist que Ombrívol es va quedar astorat.

La noia no el mirava i tenia els ulls fixos a terra, com si volgués amagar alguna cosa... llàgrimes, potser?

Ombrívol va sentir que el cor se li parava. No, no era Spica, almenys no pas la Spica que havia deixat en companyia de Cuatallada abans de marxar per afrontar les Tres Proves. En aquella feble llum, el jove es va adonar que els llargs cabells de la noia no eren rossos sinó blancs, i que no es movia amb l'agilitat de sempre. El seu rostre semblava solcat d'arrugues.

I amb tot, aquella *era* la veu de Spica.

–Si haguéssim sabut com acabaria... no hauries vingut aquí a malbaratar la teva vida tan ràpidament, no et sembla?

I no te m'hauries endut –va murmurar la misteriosa figura de veu esquerdada.

Ombrívol mirava de fit a fit la Spica que tenia al davant, sense entendre res i sense esma de preguntar-li res. Va mirar de parlar, però tenia massa fred i se sentia confós. Era com si de sobte el cos li pesés massa per poder fer res.

Les llàgrimes d'ella van caure a terra i es van glaçar immediatament, transformant-se en perles brillants.

–Però no, no et puc acusar de res, ho sé prou bé, vaig ser jo que et vaig voler seguir. Però tu no hauries renunciat a la teva vida al Reialme de les Estrelles si no hi hagués hagut cap esperança de salvació, oi?

Sí, la veu era la de Spica. Aquella mateixa veu que tant el captivava quan explicava històries.

L'elfa va bellugar la cabellera canosa, amb una tristesa infinita i el cap encorbat com si el tingués sota un pes.

–No hauries renunciat a una vida senzilla i tranquil·la només per perseguir un somni de glòria personal, oi? No hauries renunciat... a mi? Jo t'estimava, em pensava que ja ho sabies, i t'he esperat tot aquest temps, tots aquests anys. Feravista em va dir on buscar-te, abans de morir, però només ara he trobat el co-

ratge de venir fins aquí... Oh, han passat anys, Ombrívol. Molts anys. Massa. Tots hem envellit. L'Illa dels Cavallers es va enfonsar i Cuatallada va ser ferit de mort en intentar salvar-la. Va ser culpa meva: li vaig demanar que ho intentés. Quan no ho va aconseguir va caure a l'aigua i milers de serps el van rodejar i devorar. El vam intentar ajudar, però què podíem fer, nosaltres? Just després es van llançar contra aquesta illa. Des d'aleshores estem patint el seu setge; no podem fugir ni en barca ni volant... Estem atrapats. Cap drac blau no ha arribat fins aquí per pondre els ous, cap dels pocs ous que queden s'ha obert. Hem perdut... i això ha passat perquè *tu* has perdut. No sé com ha pogut passar, però les nostres vides s'han apagat totes, una darrere l'altra, després que es va aturar la teva...

Va callar un moment, tot seguit va riure amb tristesa movent lentament el cap blanc i després va continuar:

–És una estranya ironia del destí: t'has convertit en una estàtua de gel! Ara estàs com els altres cavallers. Com el teu pare. Com els habitants de l'Illa dels Cavallers... igual que ells, i tanmateix diferent. Espero que almenys això et consoli. Espero que t'hagis reunit amb tots ells, encara que a mi això no em consola. Vaig perdre la meva família, el meu germà, el meu pare, els meus amics... i també a tu i a Cuatallada –va sanglotar–. Les serps es van endur a tots els altres: Vistaguda, Capanegra, Veraç i gairebé tots els Elfs Negres del poble. Sé que no ho volies, sé que deus haver lluitat. Tu sempre lluitaves. Jo ho vaig intentar però no n'hi va haver prou... Flordiana havia dit que te'n sortiries. N'estava convençuda. *Jo* n'estava convençuda. Però, i tu?

Ombrívol se sentia com en un malson. La veu de Spica havia fet aflorar, amb una intensitat desconeguda fins aleshores, la mort de Cuatallada, la pèrdua de l'Illa dels Cavallers i dels Elfs Negres. Hauria volgut cridar, però va descobrir que no tenia veu; hauria volgut moure's, però no en va ser capaç; hauria volgut fer-la callar, però no podia. El cap li bullia: a la seva ment se succeïen les imatges de mort i de dolor que Spica feia tornar amb les seves paraules.

Anys? Com podia ser que hagués trigat anys a superar

l'última prova? Que no hagués aconseguit recuperar el fragment?

Spica tenia raó. Era culpa seva. Només culpa seva. No se l'hauria d'haver emportat ni l'hauria d'haver deixat sola. La seva arribada a l'Illa de la Lluna Creixent havia dut fins allà les serps i ningú, ni tan sols les fades, no havien pogut fer-hi res. Flordiana l'havia advertit que estaria sol, però ell havia esperat fins a l'últim moment poder comptar amb els seus amics. Però d'aquesta manera els havia condemnat a tots, un darrere l'altre.

El temps havia passat mentre ell s'havia quedat atrapat al gel en aquell lloc tan estrany i tan llunyà de tot, sense aconseguir escapar d'aquella immobilitat esfereïdora. Aquella devia haver estat la Tercera Prova, i Feravista havia tingut raó: no havia estat a l'altura. No havia demostrat ser un cavaller.

Havia perdut.

El dolor de pensar en la decepció que havia provocat en el seu pare, Spica i Flordiana gairebé li va trencar el cor, i un pensament es va anar obrint pas en la seva ment. Això no era el pitjor, no. La veritat era que a qui havia decebut, sobretot, era a si mateix. I ara ja no viuria la vida que gairebé li havia fet por somiar. Ja no arribaria a l'Illa dels Cavallers, per salvar els seus habitants i reconstruir tot el que havia estat destruït. Ja no tornaria a abraçar mai més Spica ni la tornaria a veure somriure, ni la portaria a passejar per la costa, com sempre s'havia promès que faria tan bon punt li fos possible. Tampoc no tornaria a estrènyer més la mà del seu amic Règulus ni a demanar-li que s'ocupés de la biblioteca dels cavallers, no tornaria a veure el rostre obstinat de Robínia... No tornaria mai més a acariciar el musell de Cuatallada ni provaria amb ell la llibertat embriagadora de volar. Les persones a qui més s'estimava havien mort o envellit totes, i no el perdonarien mai; ell mateix devia haver envellit també sota aquella capa de gel. Per això l'estrella al seu front havia parpellejat. Per això s'havia sentit tan cansat i adolorit.

Però què havia passat al Regne de la Fantasia? Com podia ser que tots els pobles i les criatures tan valentes que havia conegut s'haguessin rendit? No, no podia ser. En alguna banda, n'estava segur, hi havia algú que encara ara lluitava. Algú que encara podia necessitar la seva ajuda.

Lentíssima, l'ombra de Spica va desaparèixer. Ombrívol ni tan sols se'n va adonar. Li acabava de passar pel cap un pensament que li havia donat esperances. Un pensament que havia interromput tots els altres amb la violència d'una explosió.

Feravista sabia on era el fragment. Ella l'havia amagat. Per què aleshores, doncs, no l'havia usat quan ell no havia tornat de la prova? Per què havia permès que es destruís tot?

Una espurna d'escalfor va esclatar al front d'Ombrívol i una gota li va regalimar fins que va caure a terra com una llàgrima resplendent.

No, va pensar, no podia ser. Feravista era una Ensinistradora de Dracs, pertanyia a l'orde dels Cavallers de la Rosa, i mentre hagués quedat un bri d'esperança, ella hauria lluitat per salvar els innocents.

No. Les coses no podien haver anat així.

Aquella devia ser la Tercera Prova que havia d'afrontar, el Rostre Desconegut, l'enemic més difícil de batre: la pèrdua de qualsevol esperança.

La llum de la seva estrella ara brillava, escalfant-li el front com si tingués febre.

Esperança.

Una altra gota calenta li va lliscar per la cara i va caure a terra.

Ombrívol va sentir que, de mica en mica, l'ofec de gel que l'havia immobilitzat s'esvaïa.

En el mateix moment en què l'aire tornava a omplir-li els pulmons, el terra de glaç va cedir de cop i el noi va caure en un minúscul llac subterrani, poc profund. Va caure i va ser arrossegat per la tebior d'aquella aigua clara i calma.

La tènue llum que embolcallava la gruta dels cristalls venia justament d'allà, del fons del llac, travessat de resplendors blaves tan boniques que deixaven sense respiració.

Durant una estona, Ombrívol no es va moure per intentar aclarir les idees, i va ser aleshores que de sobte el va veure.

L'últim fragment de l'Escut dels Cavallers descansava al fons d'aquell bassal.

Exhaust, però decidit més que mai a no rendir-se, Ombrívol es va capbussar cap al fragment. El va agafar amb un ràpid moviment de les cames, es va impulsar cap amunt i va treure el cap de l'aigua, tornant a omplir els pulmons d'oxigen.

Amb poques i lentes braçades es va acostar a la riba del petit llac. Així que va posar un peu a la vora, alguna cosa entre les estalagmites que envoltaven el mirall d'aigua es va moure.

Ombrívol es va sobresaltar, tement que tornaria a veure sorgir Spica, la vella Spica.

Però no va veure Spica.

Davant seu va aparèixer una figura vestida de negre. Feravista el va mirar fixament amb els seus ulls negres i profunds, i tot seguit, ràpida, va estirar un braç i el va ajudar a sortir de l'aigua.

19
Alargentada

Spica va recular, enlluernada pel raig de llum silenciós que havia esclatat de l'ou.

Cuatallada va emetre un rugit d'alarma: recordant que Ombrívol li havia demanat que defensés tant a ella com a Veraç, va engrapar el vell elf per la túnica i amb un ràpid salt es va col·locar davant de Spica per protegir-la amb la seva ala.

Però la noia es va desfer d'aquella protecció afectuosa, es va agenollar i va apartar lentament les pedres que havien caigut.

–L'ou? –va murmurar, gairebé sense alè.

–L'ou –va assentir Veraç amb veu emocionada, contemplant-ho des de darrere les seves espatlles–. El primer... des de fa moltíssims anys!

Una xarxa vibrant d'espurnes blaves envoltava la closca de l'ou, ara esquerdat. Cuatallada va tancar les ales, absorbint-ne sobre seu l'electricitat, en posició de defensa.

Veraç somreia. Feia molt de temps que ningú no veia a l'illa un cadell de drac blau tan de prop.

Spica va posar una mà al coll de Cuatallada, com li havia vist fer a Ombrívol, i li va dir ben fluix:

–Tot està bé, tranquil.

El drac va dubtar, però de seguida va cedir a la serenitat que emanava de la veu de la noia i a poc a poc va replegar les ales.

Al voltant de l'ou l'electricitat s'havia esvaït. Enmig de núvols de vapor que feien olor de sofre, un petit morro blanc argentat va apuntar per l'escletxa de la closca i la va trencar completament. Dos ulls grossos i de color groc intens van treure el cap de l'ou.

Spica va veure com Cuatallada retrocedia, ensumant l'aire, mentre el petit drac, encuriosit i gens espantat, feia un lleu grunyit. Va bufar un núvol groguenc; després amb les seves minúscules urpes blanquinoses va agafar les extremitats de l'ou, i amb les dents, ja formades, va començar a

treure i a rosegar les incrustacions de pedra negra que li recobrien tot el cos.

–És blanc –va comentar la jove, confosa.

–Platejat, sí, però a mesura que creixi es tornarà blau com Cuatallada. I després, menjant aquestes roques, les escates se li faran més gruixudes –va explicar Veraç–. En fi, crec que ha arribat l'hora de posar-li un nom. Tens cap idea, noia?

Spica es va posar vermella.

–No et sabria dir. Crec que n'hi ha d'altres més adequats que jo per posar noms als dracs. Jo fa poc temps que he arribat aquí i...

–Tu has assistit al seu naixement, et toca a tu l'honor de triar el nom per al nou senyor del cel. Endavant.

–Sí, ens encantaria que fossis tu que li posessis un nom! –va dir de sobte la veu de Capanegra darrere seu.

Havia sorgit com del no-res. Portava el braç en cabestrell i tenia algunes ferides a la cara, però encara era ben viu.

–Per sort esteu bé. Quan he vist aquell raig de llum m'he temut el pitjor.

Altres Capes Negres van aparèixer darrere seu i es van quedar glaçats quan van veure el cadell de drac que, entre espurnes i refilets satisfets, picotejava l'ou dins el qual havia crescut durant llargs i llargs anys.

–Un nom! De pressa, ens cal un nom! –va exclamar una veu darrere Capanegra.

Aleshores Spica va tornar a mirar el cadell de drac. Al final va dir:

–Alargentada... t'agrada?

El petit drac, mort de gana, es va desempallegar amb esforç de la closca per rosegar una pedra més grossa. Es va produir un espetec sec i un petit llamp va caure al mig de la clariana. Veraç va fer un pas enrere mentre comentava:

–No sé què em fa pensar que li agrada!

I tots van esclatar a riure, cansats però feliços.

Feravista va somriure: per primera vegada el seu rostre va adoptar una expressió afable.

Ombrívol li va agafar el braç i va sortir de l'aigua sospirant alleujat, mirant de no recolzar-se gaire a la cama adolorida.

–No pateixis, no estàs obligat a revelar-me quina ha estat la darrera prova... Sempre és la més difícil –va dir l'elfa a Ombrívol–. L'única capaç de fer-nos més humils. I tot cavaller la porta dins el cor per tota la vida. Vine. Tenim moltes coses a fer.

El jove va mirar al seu voltant, tossint.

–Però com és possible que hagi vist aquest lloc glaçat? Semblen més aviat fonts termals...

–Ho són. Però no oblidis que allò que has vist i sentit durant la Tercera Prova és fruit d'una visió: la teva ment ha donat vida a les teves pors més profundes. –Tot seguit va afegir, ajupint-se per mirar el turmell d'Ombrívol:– Per sort només te l'has dislocat i la bota ha impedit que se t'inflés.

Aixecant la vista i notant la mirada interrogativa del jove, que encara estava intentant trobar un sentit a l'experiència que acabava de viure, Feravista va continuar:

–L'únic objectiu veritable d'aquesta Tercera Prova és mostrar als aspirants a Cavaller de la Rosa les seves debilitats i incitar-los a trobar un camí per vence-les. Només després d'haver mirat a la cara el propi Rostre Desconegut un cavaller està realment preparat per fer front a qualsevol situació sense perdre l'ànim, conscient dels seus límits, però capaç de no deixar-se vèncer per aquests. Quan vas arribar aquí amb l'Anell de Llum al dit i vas superar la prova de la Boca de la Veritat, vaig saber que en el teu cor i en les teves accions ja eres un cavaller. Però no sabia si fins aleshores t'havies trobat mai cara a cara amb la part més profunda i fosca de tu mateix. És per això que vaig voler posar-te davant de l'última prova, la definitiva. L'havies de superar tot sol, perquè només així series capaç d'afrontar el futur amb tot el que aquest et reservi.

Ombrívol es va quedar callat, reflexionant en les paraules de l'elfa, que va prosseguir:

–Em sap greu haver-te semblat dura. Les dues primeres proves no eren impossibles de superar, però eren difícils per a qui no hagués tingut les aptituds d'un cavaller. La primera servia per comprovar no només la teva tenacitat, sinó sobretot la teva intel·ligència, la teva habilitat a l'hora de resoldre els problemes, perquè sense aquesta qualitat ningú no podrà ser un cavaller digne. La segona era per posar a prova la teva capacitat d'escollir: ¿deixaries les armes, la cuirassa i sobretot l'Anell de Llum, afrontant la resta de la prova sense comptar amb res més que no fos tu mateix, o bé t'entestaries a voler-los recuperar, a costa de la vida i de la missió que t'havia estat encomanada?

Feravista va assenyalar la cota i l'espasa que havia recuperat i que ara descansaven a terra.

–Sabia que seria una tria especialment difícil per a tu –va continuar–. De seguida que vaig veure la teva cota vaig saber que era la del teu pare, com també l'espasa.

Era evident que no es tractava només d'objectes heretats d'un altre cavaller, sinó de records preciosos...

Ombrívol va assentir i, encara adolorit, es va deixar ajudar a posar-se la cota. Després es va cenyir novament l'espasa i va enfundar Verí, tranquil amb les paraules de l'elfa.

–L'última prova, però, era la veritable, l'única prova realment *teva*. Cadascú s'enfronta en aquesta prova al costat més ocult de si mateix. Jo, per exemple, que només volia ser Ensinistradora, vaig veure com una bandada de dracs blaus, que jo mateixa havia criat, atacava un poble d'elfs... i per un moment no em vaig sentir a l'altura de la meva missió.

Ombrívol va mirar Feravista, comprenent per primer cop la seva força d'ànim i alhora la tristesa i el seu obstinat desig de resistir. Aleshores va sospirar.

–I vaig veure les persones més estimades destruïdes per culpa meva. Jo mateixa vaig acabar paralitzada pel pànic i pel sentiment de culpa –va murmurar pensant en tot allò a què s'havia enfrontat.

En aquell moment es va adonar que duia l'Anell de Llum al dit.

–Com és...?

–No sé com ha tornat a tu –va dir l'elfa, anticipant-se

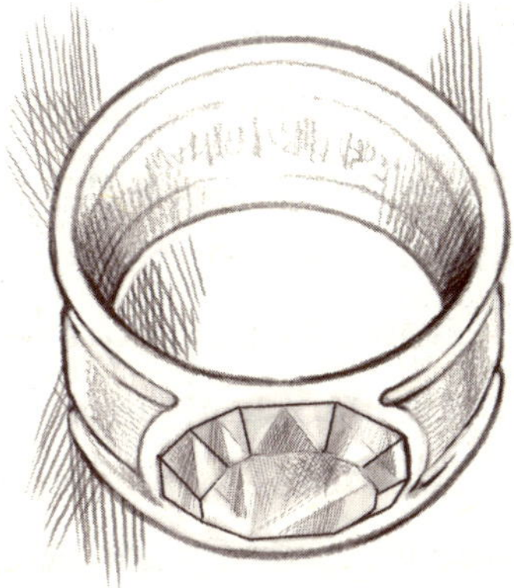

a la seva pregunta–. Només sé que és l'Anell de Llum que tria qui l'ha de portar.

Ombrívol se'l va treure i se'l va tornar a lligar al coll, juntament amb el medalló del seu pare.

–Ara val més que marxem. Ens queda molt encara per fer –va somriure l'elfa. Als seus ulls, Ombrívol hi va veure brillar la llum de la seva estrella més fort que mai.

–Encara no ha tornat, el noi? –va preguntar Capanegra acostant-se a Spica, Veraç i Cuatallada.

Els guàrdies s'havien aturat a observar el cadell de drac i no podien apartar-ne la mirada, com si el seu naixement suposés una nova era també per a l'illa i per a tots ells. Un despertar.

–No –va dir Veraç amb un somriure–. Però no pateixis. Arribarà. N'estic convençut.

–Hem derrotat les serps? –va preguntar Spica–. El poble està fora de perill?

–Les hem vençut, finalment, però si ens en hem sortit ha estat només gràcies a la teva intervenció i a la de Cuatallada –va explicar Capanegra, fent una breu reverència al drac.

Aquest va deixar anar un esbufec i Spica no es va poder aguantar el riure.

Aleshores Cuatallada va fer un moviment tan ràpid que va estar a punt de tirar la noia a terra. Capanegra la va agafar just a temps i només aleshores, quan es van tombar, van entendre què estava passant.

Ombrívol acabava d'aparèixer al vessant de la muntanya, entre les roques, amb Feravista.

Cuatallada es va llançar cap a ell i el va envoltar delicadament, repenjant aquell cap enorme contra el seu cavaller, que el va acariciar amb afecte.

Spica va notar que les llàgrimes li inundaven la cara i per un moment tot al seu voltant va semblar ofuscarse.

Ombrívol abraçava Cuatallada, però els cops que s'havia donat intentant superar les proves el van fer gemegar, i aleshores el drac es va alçar tot d'una, espantat de pensar que li havia fet mal.

–No t'amoïnis –li va dir Feravista–. Només són les marques del valor del teu cavaller. Les durà al cos fins que no es curin, però les portarà al cor fins a la mort. Pots estar ben orgullós d'ell.

Com si l'hagués entès perfectament, Cuatallada va estirar el coll.

Ombrívol va riure, es va repenjar en el seu amic i mostrant-li el fragment va exclamar:

–Mira, ho he aconseguit!

–Ara només queda portar-lo al seu lloc –va dir Spica tímidament, avançant amb un somriure lluminós al seu rostre enrojolat.

Ombrívol va aixecar la vista cap a ella. Davant seu hi havia encara la seva Spica, la noia que no havia deixat mai de confiar en ell! Durant uns moments, el noi es va quedar paralitzat.

Ella va fer el gest de retrocedir, pensant que havia interromput alguna cosa que no devia, però Ombrívol se li va acostar i li va fer un petonet a la galta xiuxiuejant-li un «gràcies». Tots dos van apartar de seguida la mirada, cohibits.

Cuatallada va esbufegar i el silenci que s'havia estès al seu voltant va semblar ressonar tot d'una amb milers de sorolls.

Amb els ulls més brillants que mai, Spica va estirar un dit i va balbucejar emocionada:

–Mira: ha nascut el petit Alargentada!

Feravista va fer un breu gest amb el cap, amagant un somriure, i es va acostar al cadell. Ombrívol i Spica la van seguir.

Capanegra va allargar la mà al noi.

–Ben tornat, cavaller –va dir–. Ara que tens el fragment, digue'm: com et podem ajudar?

20
PREPARATIUS

El matí va transcórrer ràpid organitzant els preparatius. Ara que s'havia recuperat el fragment només quedava col·locar-lo al seu lloc i reconstruir finalment l'Escut dels Cavallers. Així, l'Illa dels Cavallers se salvaria, i amb aquesta també tots aquells que hi havien quedat petrificats.

Abans, però, calia curar de seguida el turmell torçat d'Ombrívol perquè pogués estar en disposició de volar i lluitar, malgrat que semblava que les serps havien estat derrotades. Els sentinelles que vigilaven l'Illa amb potents prismàtics no havien notat aquells dies res d'amenaçador.

Spica corria entre els guàrdies donant missatges i repartint aliments.

De tant en tant llançava un cop d'ull entendrit a Alargentada: alguns elfs li duien pedres negres per rosegar i ell hi clavava mossegada gustosament. De tant en tant estenia les ales entumides a la llum del sol, però la fina membrana encara era massa lleugera per permetre-li volar. Tenia uns ulls tan dolços i curiosos que era impossible no sentir simpatia per ell.

Mirant al seu voltant, Spica va veure que sota el sol d'aquell matí, el Cràter Septentrional havia esdevingut una mena de placeta en festes i que fins i tot els seriosos Elfs Negres, en general tan reservats, ara semblaven més oberts comparat amb la primera vegada que havia visitat el poble.

Maferma, guiat per Capanegra, havia anat a demanar disculpes a Ombrívol i sobretot a Cuatallada pel seu comportament imprudent. Les excuses, òbviament, havien estat acceptades, i Ombrívol havia permès al jove elf tocar el musell del seu amic drac.

L'aire era fresquet, el sol resplendia al cel, Ombrívol tenia el tercer fragment... Gairebé sense adonar-se'n, Spica es va passar la mà per la galta, recordant com l'havia saludat el noi, i va notar que es posava vermella d'alegria.

Es va acostar al foc

on Veraç i un soldat més jove rostien uns naps ben grossos i especiats i en va demanar una porció per a Ombrívol i una altra per a ella.

Feravista, després de curar Ombrívol, també s'havia assegut a la vora del foc i continuava mirant amb atenció el petit drac, absorta en els seus pensaments.

Spica va intentar evitar-la. La seva mirada l'atemoria, si bé ara l'elfa somreia més sovint.

Veraç va preparar dos plats més abundants que els altres.

–No vull que després no hi hagi prou menjar per a tothom –va murmurar Spica, quan se'n va adonar.

–Oh, sí que n'hi ha, no pateixis! Qui cavalca un drac necessita energia! –va dir l'altre mentre li picava l'ullet.

Spica es va ruboritzar.

–Gràcies, doncs –va dir mentre s'allunyava.

–Un moment! –va exclamar Feravista.

Spica va sentir com si aquells ulls negres la traspassessin i va obeir.

L'elfa estava observant el cadell de drac.

–Torna a parlar –li va demanar, gairebé com si li donés una ordre.

Spica la va mirar, sorpresa.

–I... què vols que digui?

–Qualsevol cosa –va afanyar-la Feravista, mantenint un to de veu baix–. Vinga! Tu sempre en tens alguna per dir, oi?

Spica es va enfurrunyar.

–Només intento ser educada, i no veig per què me n'hauria d'avergonyir. A nosaltres, els Elfs Estelats, ens encanta parlar, però no em sembla un defecte tan gros...

Feravista li va fer un senyal i Spica es va tombar per mirar el petit Alargentada. El cadell l'estava mirant atentament; només quan ella va parar de parlar va continuar picotejant la seva pedra.

–Cada vegada que et sent parlar –va murmurar Feravista– es gira a mirar-te.

–Oh. I això que vol dir? –va preguntar ella.

–Nosaltres fa hores que parlem però no ens fa gens ni mica de cas –va intervenir un elf a prop d'allà.

–A més es comporta diferent amb mi que amb aquesta jove –va afegir Feravista, aquest cop en veu alta.

Just aleshores, Alargentada es va girar i va mirar Feravista amb curiositat.

–Per què ho fa, això? –va preguntar Spica.

La mirada del petit drac es va desplaçar cap a ella i un feble esbufec grogós va impregnar l'aire. El va seguir un petit llamp que va anar a petar contra la pedra més propera i va donar un bon ensurt a tothom.

Feravista l'hi va explicar:

–Hi ha persones que tenen veus... especials. Veus que es poden comprendre més amb el cor que no pas amb les orelles.

–Els Narradors –va assentir Spica.

Feravista va arrugar el front.

–Potser és així com en diuen al vostre reialme. Aquí en diem Ensinistradors. Pel que sembla, tu tens un do del qual no m'havia adonat, joveneta –va dir amb calma, com si mesurés cada paraula abans de pronunciar-la.

Spica la mirava de fit a fit, sense entendre-ho.

–Si decideixes quedar-te a l'Illa dels Cavallers i vols que t'ajudi, vine a buscar-me. El teu do es podria convertir en un do per a tothom –va concloure Feravista, que va posar el seu plat ara buit a la vora del foc i es va allunyar.

Spica va mirar Veraç i el vell elf es va posar a riure, sorneguer:

–Ves per on! Feravista finalment pensa en el futur i no pas en el passat!

–Però, què volia dir? Com creu que la puc ajudar? –va preguntar Spica.

–Quines coses de preguntar, filla meva! Acaba de trobar una Aprenent d'Ensinistradora, òbviament!

Amb el cor accelerat, Spica va fer un pas enrere, va tornar a mirar el petit drac i, radiant de felicitat, va arrencar a córrer cap a Ombrívol arriscant-se a tirar a terra els plats plens de menjar.

El jove elf es trobava a la vora del cràter, on estava comprovant l'estat de la sella i els arreus de Cuatallada, com feia sempre abans de volar, quan va arribar Spica. Esbufegava de tant córrer i els ulls li brillaven.

–Que tens gana? –va preguntar, atansant-li, alegre, el plat.

Ombrívol va agafar la petita safata feta de branquillons trenats i es va asseure damunt d'una pedra. Tot i que fins llavors ni tan sols hi havia pensat, es va adonar que tenia molta gana.

Spica se li va asseure al davant.

–Sé que vas fer molt per ajudar Capanegra i la resta –va dir somrient Ombrívol.

–Ves, no t'ho pensis. Ho va fer tot Cuatallada. El seu llamp és realment impressionant –va explicar ella, clavant les dents en un nap rostit.

Ombrívol va fer que sí amb el cap i va mirar enllà de la vora del cràter.

–Que estàs amoïnat? –va preguntar ella.

El noi va arronsar els espatlles.

–No em preguntis per què. No ho sé. Hi ha alguna cosa que l'Illa dels Cavallers encara no ens ha mostrat i ara crec que no serà fàcil dur a terme la nostra missió.

Però abans que pogués continuar, d'un dels cims va arribar un crit d'alerta. Un dels sentinelles va baixar per les roques cridant, es va acostar fins on eren Feravista i Capanegra, que va agafar l'ullera de llarga vista, i al cap de poc va tornar a marxar a tota velocitat, amb noves ordres.

Les mirades de Capanegra i Ombrívol es van trobar i aquest va anar a trobar-lo.

–Què passa? –va preguntar Ombrívol.

–Hi ha alguna cosa a l'aigua al voltant de l'Illa dels Cavallers –va contestar l'Elf Negre.

–Serps? –va preguntar Spica, deixant el mos a la meitat–. Que n'arriben més?

Cuatallada va grunyir i va estirar el coll cap al mar.

La mirada de Capanegra es va ennuvolar.

–Potser, però ni tan sols amb els prismàtics els meus guàrdies són capaços de distingir-ho. En qualsevol cas, si són serps, sembla que no s'allunyen de l'Illa. Ell hi pot veure més lluny? –va afegir, llançant una mirada al drac.

–Podria fer un vol de reconeixement –va dir Ombrívol.

Spica va fer que no amb el cap.

–No té sentit. Per què hi són, allà?

–Per atacar-vos quan hi arribeu –va dir Feravista acostant-s'hi.

–Però ara ja coneixem l'Illa i Cuatallada ens pot deixar a prop de la sala dels Cavallers –va replicar Spica–. I volant, les serps no seran cap problema, això segur!

–No mentre no poseu un peu a terra –va admetre Feravista.

–Seran un problema per a aquells que alliberem del seu son de pedra. Quan es despertin es trobaran encerclats de serps afamades i no tindran escapatòria –va murmurar Ombrívol.

–Exacte. Per això us hem d'acompanyar –va dir Feravista.

–Però Cuatallada no pot portar tanta gent! –va exclamar Spica.

Ombrívol la va mirar. Li hauria agradat poder acceptar l'ajuda, però la noia tenia raó.

–I, de tota manera, què podríeu fer contra les serps? –va insistir Spica.

–El que vam fer allà al poble abans que tu bloquegessis l'entrada: matar-les –va dir Capanegra–. Tenim uns projectils fulminants. No és la primera vegada que ens enfrontem a aquestes bestiotes.

–Tota ajuda serà ben rebuda, creieu-me, però Spica té raó en una cosa –va intervenir Ombrívol–. Cuatallada no pot dur a tothom, i és evident que no farem més d'un viatge. Potser necessitarem mig dia per arribar allà baix, i si marxem ara hi arribarem al capvespre. I després caurà la nit...

–Tenim vaixells que són ràpids –el va interrompre Feravista–. Cuatallada seria capaç de remolcar-ne tres, si vola baix damunt l'aigua?

Ombrívol va mirar el drac.

–Et veus capaç de fer-ho?

Cuatallada va desplegar les ales amb un rugit d'aprovació, impacient per marxar.

A Ombrívol se li va escapar un somriure.

–Sembla que sí. Quan estaríeu preparats?

–D'aquí a ben poc; ja he donat ordres d'arreglar-ho tot –va dir Capanegra–. Ara val més que me'n vagi a comprovar com avancen els preparatius –va afegir, i es va allunyar.

–I si les serps ens ataquen aquí mentre vosaltres sou a l'Illa dels Cavallers? –va preguntar Spica.

–Deixarem una guarnició de Caps Negres per protegir la gent que es quedi aquí, Alargentada i la resta d'ous –va proposar Ombrívol–. Capanegra i Feravista seran molt més útils a l'Illa dels Cavallers.

Feravista va assentir:

–Una solució excel·lent, noi. És justament això el que ha de fer un General Suprem dels Cavallers: reunir les forces que necessita, saber-les organitzar, escoltar els bons consells i lluitar per salvar els innocents, dirigint la batalla en primera persona.

Les seves paraules van semblar traspassar l'aire com espases, i Ombrívol va arrugar el front, confós.

–No sóc pas cap general, Feravista.

–Ho seràs aviat –va dir ella, amb mirada ferma, i tot seguit va escrutar el cel–. Acabeu de menjar. Quan el sol sigui a la Pedra del Mig –i va assenyalar una roca tallada a plom damunt seu–, us esperarem a la costa oest de l'illa.

Aleshores es va girar i va desaparèixer entre els guàrdies.

Ombrívol es va quedar dret, mirant com se n'anava.

–Ens en sortirem –va dir Spica.

–Sí, ens en sortirem –va repetir ell.

Al rostre del noi, Spica hi va descobrir una expressió que no li havia vist mai. Era com si de sobte Ombrívol sabés indefectiblement que se'n sortirien. Com si sabés que res no li impediria complir aquella promesa feta a si mateix.

I mentre el sol, corrent implacable pel cel blau, començava a escalfar l'aire, Spica es va preguntar si ella també es veia preparada.

QUARTA PART

LA ROSA DE PLATA

21
Volant sobre l'aigua

Quan el sol va atènyer la Pedra del Mig, el viu formigueig que feia algunes hores animava el Cràter Septentrional gairebé s'havia apagat del tot.

Ombrívol i Spica, després de rebre instruccions sobre la partença, s'havien quedat asseguts en silenci tota l'estona, ell pensant en el viatge, en l'Illa dels Cavallers i en els detalls de la missió, i ella rumiant sobre què faria un cop s'acabés tot. Les paraules de Feravista sobre el seu futur com a Ensinistradora de Dracs li continuaven ballant pel cap.

De sobte, Ombrívol es va alçar. Spica es va adonar que havia arribat el moment de marxar.

–Estàs preparada?

La noia va assentir. Pensar que s'haurien d'enfrontar a milers de serps marines com aquelles que ja l'havien atacat no li feia gaire gràcia, però ho va dissimular, es va aixecar, va examinar detingudament l'arc i, agafant la mà que li oferia Ombrívol, va saltar a la sella a sobre de Cuatallada i va posar els gafets de seguretat.

Veraç, que els estava observant no gaire lluny d'allà, va aixecar la mà per acomiadar-los.

–Bona sort!

–Bona sort també a vosaltres! –va respondre Spica, sentint una punxada dins del cor.

Per quina raó marxar li produïa aquella sensació de nostàlgia? A penes coneixia l'illa i els seus habitants: com és que els havia agafat tant d'afecte? O bé, senzillament, era que tenia por d'enfrontar-se al futur?

–Marxem, doncs? –va preguntar Ombrívol.

–Estic preparada –va contestar ella.

L'elf va donar dos copets amb la mà al coll de Cuatallada, com feia sempre. I, com sempre, el drac ho va entendre sense necessitat de paraules. Va obrir les ales i amb un fort impuls es va enlairar, esperant que els vaixells dels Elfs Negres estiguessin llestos per ser remolcats.

Spica es va adonar que, fos quin fos el futur que l'esperava, començava just aleshores. Una esgarrifança li va baixar per l'esquena. Com deia sempre el seu pare, el futur es construeix dia a dia.

I per a ella havia arribat el moment de fer un pas important.

Tot d'una, el drac va girar el seu cap enorme envers Ombrívol, emetent un so ronc d'avís. El cavaller va fer un gest d'assentiment.

–Sí, les veig! –va dir.

–El què? On? –va preguntar Spica.

Mentre amb un cop d'ala Cuatallada ascendia, ell va estirar un braç cap a l'Illa dels Cavallers, que a la llunyania semblava una petita roca al mig de l'extensió plana del mar de color safir. Envoltant l'Illa, però, s'entreveia una mena d'anell gris que s'arremolinava sota la superfície de l'aigua.

–Són serps platejades! Però quantes n'hi deu haver? –es va esgarrifar Spica.

–Masses per a nosaltres tres sols. Sobretot si l'Illa s'ha enfonsat una mica més que quan ens en vam anar.

Spica va intentar fer el cor fort: era el moment d'aparcar les preocupacions i les esperances sobre el futur per pensar en el present.

Ombrívol va mirar el rostre de la noia. L'expressió concentrada i ferma de Spica encara la feia semblar més bonica.

–Agafa't fort! –va anunciar, i tot seguit va ordenar a Cuatallada–: Baixem a agafar les naus!

El drac va emetre un so agut i després, amb un moviment àgil, va obeir i es va llançar avall. L'Illa de la Lluna Creixent s'aproximava a gran velocitat sota seu. Dos vaixells, llargs i estilitzats, amb la proa en forma de cap de drac, ja eren a l'aigua al costat occidental de l'illa. Una tercera embarcació, que havia quedat amagada entre les pedres negres amb la quilla fosca perfectament camuflada, invisible a qui no sabés que hi era, es va allunyar de la costa just aleshores. Els vaixells no tenien veles, perquè haurien estat un destorb per al drac que els havia d'arrossegar.

Cuatallada va rugir i des de terra es van agitar un munt de bracets, que van tornar la salutació. Primer, les Capes Negres a bord van llançar les cordes platejades i després les van lligar entre els tres vaixells.

Ombrívol va ordenar a Cuatallada que reduís la velocitat i el drac va obeir, descrivint un cercle per damunt de les barques.

El noi va poder distingir Capanegra, dret a la proa de la primera embarcació, que li feia senyals. Algú va portar a l'Elf Negre una llarga branca negra, a la qual hi havia lligada una corda platejada, fermada de l'altre cap al vaixell. Donant un ràpid cop d'ull al cel, l'elf va llançar a l'aigua, tan lluny com va poder, branca i corda.

Ombrívol va fer un senyal a Cuatallada i el drac va baixar en picat. Va fregar l'aigua relluent i va engrapar la fusta amb les potes, i després, amb un àgil cop d'ala, es va tornar a enlairar, lleuger i elegant.

Però Ombrívol es va adonar immediatament que volava massa ràpid.

–Afluixa o tombarem les naus! –va cridar, inquiet.

Cuatallada va fer un rugit i va alentir la velocitat, girant-se per observar les embarcacions.

Ombrívol va veure com els tres vaixells sortien impulsats endavant sobre la superfície del mar i com molts elfs queien enrere a causa del sobtat i ràpid moviment. Els bucs de les naus es van balancejar sota la violenta embranzida inicial.

Cuatallada va afluixar encara més, fins que Capanegra va fer un altre senyal.

Spica va sospirar, alleujada, i va avisar Ombrívol.

–Ara millor!

Els vaixells s'havien estabilitzat una mica. Ara Cuatallada podria agafar velocitat.

–Bravo, continua així! –el va animar Ombrívol.

El drac va emetre un rugit divertit, com si allò fos un joc per a ell.

–Creus de debò que arribarem abans que es faci de nit? –va preguntar Spica darrere seu.

–Sí. Potser abans que es pongui el sol i tot. Els vaixells aguanten bé la velocitat de Cuatallada navegant a prop de l'aigua. Abans de la nit hi serem.

Tot seguit, arrugant el front, va mirar al davant, cap a l'Illa dels Cavallers.

El sol va pujar fins al zenit i després, en una tarda que es presentava tòrrida, va començar a davallar en el seu viatge quotidià pel cel.

Ombrívol es va tombar cap a Spica:

–Encara ens queden unes quantes hores de vol. Que estàs cansada?

Ella, que sense adonar-se'n havia repenjat el cap contra l'esquena d'Ombrívol, va aixecar el cap i va fer que no.

–No... vaja, sí, però no importa. Tu també deus estar cansat. I el teu turmell?

–Millor, Feravista m'ha cuidat molt bé.

–Puc saber com... com van ser les proves?

Va notar que Ombrívol es posava tens.

–Dures –va respondre al cap d'un moment de silenci incert.

Spica va abaixar els ulls, mirant els vaixells relluents que semblaven volar sobre el mar blau. Va intentar identificar Feravista, però no la va veure.

–Saps, potser les hauré de fer jo també, algun dia –va murmurar tot d'un cop.

–Com?! –va preguntar Ombrívol, estupefacte.

Spica va riure, torbada.

–Feravista diu que tinc la veu d'una Ensinistradora de Dracs, que a l'Illa dels Cavallers podria ser útil i que ella me'n podria ensenyar, quan s'hagi acabat tot. Jo també em convertiria en un cavaller. Tu... què en penses?

Ombrívol es va girar: als seus ulls, Spica hi va veure passar la por, l'orgull i al final alguna cosa semblant a la comprensió. Un somriure indesxifrable es va obrir pas als llavis del jove.

–*Tu* què en penses? –li va preguntar ell al seu torn.

–No ho sé. M'encantaria. Però hi ha una cosa que m'espanta una mica.

Ombrívol va assentir.

–Feravista?

Spica va esclatar en una rialla nerviosa.

–Sí, tant se'm nota? Sóc incapaç d'esbrinar què pensa i això m'incomoda.

–Bé, ella és així: és dura i exigent, però també és competent i sap el que fa.

–Tu te'n refiaries? I més després d'allò que et va dir abans de fer les proves?

–Sí. I ara encara més, perquè sé la raó per la qual es va comportar d'aquella manera. La mateixa raó per la qual Flordiana no podia intervenir.

–Però de debò que calia que fos tan dura? –va rondinar ella.

Spica va sentir que Ombrívol reia.

–Sí. A mi sí que em calia.

La noia va sospirar.

–Vaja, t'has tornat encara més misteriós que abans. No em diràs mai en què consisteixen les Tres Proves, oi?

–No puc. Cap cavaller en parla amb qui encara les ha de passar. Però si et consola, crec que series del tot capaç de superar-les. I millor que com ho vaig fer jo. Sempre que de veritat vulguis ser Ensinistradora.

Spica es va animar. Ombrívol confiava en ella. Es va recordar del petit Alargentada i sense adonar-se'n va somriure. Al capdavall, potser el fet d'assistir al naixement d'aquell drac blau li havia obert els ulls. Potser li havia indicat el camí.

Utilitzaria tan bé com sabés la seva veu de narradora i les seves ganes d'ensenyar. Però sobretot ajudaria els Cavallers de la Rosa, les fades i tot el Regne de la Fantasia.

Sí, com més hi pensava, més li semblava que aquell era realment el camí que volia seguir, fossin quines fossin les dificultats que l'esperessin. Fins i tot si es tractava de la severitat de Feravista i de les proves dels cavallers.

22

El monstre de les profunditats

El sol estava a punt d'amagar-se en l'aigua encesa de vermell quan Ombrívol i Spica es van adonar que ja eren a prop de l'Illa dels Cavallers.

Quan Cuatallada va virar en direcció al vell port perquè les naus poguessin atracar, van veure que el moll pràcticament s'havia enfonsat del tot. A prop de la riba, el mar era un formigueig de serps platejades, que tot i així no aconseguien atacar les naus: massa ràpides per a elles, les embarcacions lliscaven per l'aigua gairebé volant, i si alguna serp intentava saltar-hi dins, un àgil cop d'espasa la decapitava.

Amb tot, Capanegra estava preocupat. Com més s'hi acostaven, més semblaven multiplicar-se les serps. L'Elf Negre va alçar lentament l'ullera de llarga vista i va observar l'Illa. El vell far estava cobert de plantes enfiladisses i en un costat de la Ciutadella s'estenia la taca fosca del bosc, que ara era verd i exuberant. Ombrívol i Spica

tenien raó: havien retornat la vida a l'Illa, si més no en part. Potser era veritat que encara hi havia esperança, va pensar Capanegra.

Després va dirigir la ullera més avall, cap a les ruïnes del port, i es va esglaiar. El mar era blanc d'escuma, agitat per centenars de formes platejades que serpentejaven arran d'aigua.

Una veu va retronar des del segon vaixell:

–Atenció a estribord! –va cridar Feravista.

Es va produir una sotragada i la nau es va frenar de cop. Capanegra va perdre l'equilibri i la ullera li va relliscar de les mans i va caure a l'aigua, on de seguida la van envoltar les serps. Ben subjectat a una corda, l'elf va mirar per la borda i va veure una ombra que es movia vertiginosament, creant enormes remolins.

–Abaixeu el cap! Agafeu-vos fort! –va cridar a plens pulmons. Es va poder aferrar a la corda de seguretat just abans que una violenta onada envestís amb fúria el costat de l'embarcació.

El vaixell es va inclinar de costat perillosament, però per sort no es va tombar.

Capanegra es va aixecar de terra i va dir cridant:

–Tothom als llocs de combat!

–Què passa, senyor? –va preguntar una guardiana jove–. Creieu que les serps ens poden tombar?

–Ara que gairebé estem aturats, sí, i si ho aconsegueixen haurem begut oli! Ens devoraran! –va cridar un altre.

Era veritat. L'aigua estava plena de dents punxegudes, però una amenaça força més gran estava a punt d'abatre's al seu damunt.

Capanegra no va tenir temps de respondre que alguna cosa va saltar fora de l'aigua, es va arquejar i es va tornar a submergir, passant a pocs centímetres de les naus.

L'onada va ser terrible: tots van sortir projectats cap a un costat i el vaixell va cruixir.

Ombrívol va sentir un nus a la gola. Vist des de dalt, l'atac de les serps marines encara feia més impressió. N'hi havia pertot arreu.

–Oh, no! I què és allò? –va gemir tot d'una Spica indicant un punt a la seva dreta, darrere les naus que estaven remolcant.

Una llarga estela blanca va brillar uns moments sota la superfície de l'aigua i tot seguit es va enfonsar, mostrant una aleta amb crestes.

–Cuatallada! Accelera! –va ordenar Ombrívol, tancant els genolls contra la sella.

El moviment del drac i l'augment de velocitat van fer variar alguns graus la ruta dels vaixells, i van evitar que bolquessin a causa de la gran onada que els envestia. Va ser aleshores que el van veure.

Un enorme monstre marí, blanc com la neu, amb el cos de serp i el cap de drac d'aigua, va saltar un altre cop per damunt de la superfície del mar i es va submergir, girant sobre ell mateix amb violència.

–Vol tombar les naus! –va cridar Spica mentre agafava l'arc.

Una altra onada va caure al costat dels vaixells dels

elfs. Un d'ells no va resistir aquell embat tan fort i va acabar a l'aigua.

–No! –van xisclar alhora Ombrívol i Spica.

La noia va disparar algunes fletxes. Les serps, que acudien com formigues afamades on havia caigut l'elf, es van desplomar, ferides, però d'altres van ocupar els seus llocs i el van arrossegar al fons del mar.

–No és possible! Morirà tothom! –va gemegar ella, desfeta.

–No si ens afanyem! –va cridar Ombrívol, picant amb la mà el coll de Cuatallada–. A punt per lluitar?

El drac va deixar anar un bram terrible i va rebufar contra el monstre, que havia desaparegut un altre cop sota les onades.

–Ara ja som a prop del port! –va cridar Spica, aterrida–. Hem de desenganxar la

corda, però si deixem de remolcar-los, les serps atacaran els vaixells!

–De tota manera, no podrem fer gaire per ells, quan toquin terra. Però confia en Capanegra: sabia amb qui se les hauria! Ell sap què ha de fer! –li va contestar. Era una decisió difícil, però no hi havia temps per dubtes o incerteses.– Deixa anar la corda quan t'ho digui, d'acord, Cuatallada?

El drac va rugir, impacient per enfrontar-se al monstre blanc. Spica va tancar ben fort les mans als ganxos i Ombrívol va mirar avall.

–Ara! –va cridar.

La corda platejada va caure i el mar la va engolir. Els vaixells van continuar sols la seva cursa.

Ombrívol va estrènyer els genolls contra el coll de Cuatallada i el drac va baixar ràpid com una exhalació cap al port, fulminant les serps marines.

Després va girar àgilment sobre ell mateix i es va dirigir cap al mar, just a temps per veure la tercera embarcació que s'inclinava perillosament d'un costat. Tres, quatre túniques negres van caure... Alguns van ser rescatats, altres van desaparèixer entre les onades.

Cuatallada va rugir, furiós. Aquesta vegada, Ombrívol no va intentar calmar-lo: ell també estava enfurismat, i el foc que li cremava al pit refulgia també al seu front. Les bruixes eren lluny, però així i tot reclamaven encara un sacrifici de sang.

El drac va sobrevolar el mar bramant amenaçador per cridar el seu enemic a la batalla, i, com si respongués al seu crit de guerra, una esquitxada d'aigua es va aixecar darrere l'últim vaixell.

Un altre instant i la serp blanca va saltar cuetejant fora de les onades i es va llançar sobre les embarcacions.

Era enorme, molt llarga, amb un musell semblant a la punta d'una fletxa, una mandíbula ampla i només dos llargs ullals en comptes del munt de dents esmolades de les serps platejades.

Amb un moviment ràpid, Cuatallada va virar sobtadament de costat i va clavar la cresta punxeguda al coll del monstre, que va rebufar violentament, furiós. Evitant una mossegada en una pota, Cuatallada va rugir de nou, va aixecar el cap i va llançar la serp un centenar de metres més enllà.

El cos del monstre es va perdre en les negres fondàries marines.

–Vinga, als rems! –va cridar Feravista, fent un tall net a la corda que lligava el seu vaixell al de Capanegra i corrent cap a la popa per separar-la també del tercer–. Els qui no remen que es preparin per desembarcar. Cuatallada ens ha obert el camí, però no serà fàcil! De pressa, afanyeu-vos! Quan arribeu a terra mireu de trobar una posició elevada!

Cuatallada va tornar a passar per sobre d'ells, en vol rasant, eliminant altres serps amb els seus llamps.

Feravista va mirar l'Illa dels Cavallers i va sentir un calfred: semblava un esquelet de granit suspès en l'aigua. Només el bosc on havia passat tantes estones, de jove, verdejava un altre cop. Uns metres més i tornaria a posar els peus damunt d'aquella terra. Els records del dia en què l'Illa va sucumbir, dels crits i de l'horror, van intentar arrossegar-la, però ella els va fer fora. Hi havia massa coses per fer i massa vides per salvar.

Decidida a no rendir-se, Feravista es va subjectar a les cordes de seguretat.

–Deixeu els rems, tothom a terra! –va cridar.

Tots van obeir i amb un salt van baixar del vaixell. Feravista va arrencar a córrer endavant empunyant fort l'espasa, guiant el grup de soldats cap al poble, cap a aquelles cases que recordava detalladament, on els rostres afligits i aterrits dels seus habitants petrificats esperaven des de feia anys l'hora de la salvació.

En el moment en què es despertessin, l'instant abans de tornar a la vida i de poder repel·lir l'ofensiva, els habitants de l'Illa dels Cavallers es trobarien en perill greu, amenaçats per serps famèliques. Al cap i a la fi, la pedra els havia protegit durant anys...

23
Cap a la Sala dels Cavallers

Ombrívol va veure com els llargs vaixells es buidaven i els Elfs Negres s'escampaven pel terreny negre de l'Illa. Va conduir Cuatallada fins al damunt del poble de pescadors als peus de la Ciutadella, i li va ordenar que deixés lliure el camí de serps per facilitar l'avanç dels seus companys d'aventura.

–Ja arriben! –va cridar Spica estirant-li la màniga.

Ombrívol es va girar i va veure Capanegra que corria per la via principal que duia al poble. Es va posar els dits a la boca i va xiular; Capanegra va aixecar la vista i va respondre al seu torn amb un xiulet.

–Vinga! A la Ciutadella! –va ordenar Ombrívol.

–Mira, allà baix hi ha més serps! –va gemegar Spica. Va recolzar bé els peus als estreps per disparar una fletxa, però uns segons després ja es trobaven massa lluny per intentar tirar-ne una altra.– Hem de tornar enrere, no se'n sortiran! –va cridar, arrapant-se a l'esquena d'Ombrívol.

–No podem! Capanegra i els seus soldats han vingut aquí perquè nosaltres poguéssim fer la nostra sense preocupar-nos dels habitants petrificats ni de les serps! Ells ja saben el que fan! Més endavant tornarem per ajudar-los –va replicar Ombrívol, mentre darrere seu les Capes Negres es repartien per la plaça del poble, al voltant d'un grup d'elfs petrificats, i es preparaven per plantar cara a les serps.

–Però...

–Prou de peròs! Si ens quedem aquí, l'Illa dels Cavallers es podria enfonsar completament i tots els nostres esforços i els esforços dels Elfs Negres serien inútils!

En aquell moment, un tremolor va sacsejar amb força l'Illa i les parets d'algunes cases velles van trontollar i es van ensorrar.

Cuatallada es va enlairar per sobre de les muralles de la Ciutadella dels Cavallers i amb uns quants cops d'ala va atènyer la plataforma on acostumava a fer baixar els nois.

Les escales que hi conduïen, estretes i sense protecció, estaven sembrades de fragments, senyal que els moviments sísmics continuaven sotragant l'Illa. Més avall, a l'ombra de les sales d'ensinistrament, Ombrívol va veure com s'esquitllaven algunes escates platejades.

El noi va treure ràpidament Verí i va dir a Spica que preparés l'arc. Plegats, els dos joves van córrer per un curt camí que conduïa a la Sala dels Cavallers, atents a les pilastres i les columnes en estat ruïnós, que perillaven d'ensorrar-se i sepultar-los a ells també. Davant de les obertures i les ruïnes alentien el pas, cautelosos, tement una amenaça oculta.

Tot d'una, Ombrívol va reconèixer el rugit d'alerta de Cuatallada. Es va aturar i es va endur Spica darrere d'una columna trencada. El llamp de Cuatallada va retrunyir davant seu i va aniquilar més serps. Però just quan els dos nois s'aixecaven i arrencaven a córrer, alguna cosa va fer tremolar violentament la Ciutadella i va esquerdar la imponent muralla situada davant del mar. Unes quantes torres es van ensorrar i es van enfonsar en les profunditats marines com un castell de cartes, i una pluja de fragments de pedra es va abatre damunt dels nois. Dels enderrocs es va aixecar un núvol gris i dens que va avançar cap a ells com una mà voraç. Un instant abans de ser envestit, Ombrívol va intuir qui havia provocat l'esfondrament: amb la seva immensa força, el monstre marí colpia els fonaments de l'illa.

–Cuatallada, vinga! Fes-lo fora d'aquí! –va cridar amb totes les seves forces, abans que la boca se li omplís de pols.

La veu se li va trencar, però el drac ho havia entès, com si en la seva ment es formessin els mateixos pensaments del seu cavaller. L'estrella al front d'Ombrívol va brillar i Cuatallada es va preparar per enfrontar-se al monstre marí. Tots dos ho sabien: aquell enemic era per a ell.

La gegantina serp blanca s'alçava amb el llarg coll per sobre de la superfície del mar, com un guerrer satisfet amb la desolació que provoca; els seus enormes ulls sortits es van clavar en Cuatallada, desafiant-lo. Aleshores es va moure per atacar de nou.

El drac va saber que, si no feia res, tot estaria perdut. La Sala dels Cavallers no era gaire lluny de la zona dels esfondraments i no aguantaria gaire més. Així doncs, va emetre un rugit greu, va obrir les ales i es va llançar, preparat finalment per a l'enfrontament, decidit a salvar els seus amics.

Capanegra es va aturar, amb la llança al puny i els ulls fixos en el camí que s'obria davant seu.

–Ànims! Prepareu els projectils detonadors! Endavant, endavant! –va cridar als elfs que el seguien, mentre amb la mirada buscava els punts més elevats per disposar-hi els soldats.

Un lleu cop sec va fer que es girés: no gaire lluny, una serp es va esmunyir entre les pedres, llançant-se contra ell amb un moviment rapidíssim, però Capanegra va girar la llança i la punta es va enfonsar en la boca oberta de l'enemic.

L'elf es va tombar cap a l'estret carreró per on havia arribat la serp. Desenes d'ullets platejats van centellejar a l'ombra.

–Llanceu un projectil detonador! –va cridar.

Una fletxa va sortir immediatament de l'arc del jove soldat que era més a prop i es va clavar a terra, al cap del carreró. Les dues pedres negres lligades al pal van espetegar tan bon punt van tocar a terra, alliberant descàrregues de llamps que van dibuixar una mena de xarxa protectora.

–Vinga, movem-nos!

Al seu interior, Capanegra va lamentar haver hagut de fer servir ja un dels projectils detonadors. Els havien de conservar per protegir els elfs petrificats: no en disposaven de gaires.

Però no havia tingut cap elecció.

Feravista es va aturar amb un grup de Capes Negres a inspeccionar la costa mentre els soldats de les altres dues naus desembarcaven, i després, mentre l'aigua començava a omplir-se de serps, va deixar el port tancant la fila amb passos ràpids i les armes fermes al puny.

Els primers habitants petrificats, ho recordava bé, eren a la plaça principal del poble.

Quan va sentir el xiulet d'Ombrívol va accelerar.

Després d'aquell primer enfrontament amb les serps, Capanegra també es va afanyar. No havia estat mai a l'Illa dels Cavallers; només sabia que havia estat destruïda i que els seus habitants havien estat transformats en pedra. Sempre havia pensat que el seu germà havia mort aquell dia, però amb l'arribada d'Ombrívol havia descobert que no era així. No, Cortenaç havia continuat lluitant, en un altre lloc, a les ordres de la Reina de les Fades.

En saber-ho, Capanegra s'havia sentit content i furiós alhora. Cortenaç no havia passat per l'Illa de la Lluna Creixent per avisar la seva família. Se n'havia anat. Però, després de rumiar-hi un moment, havia comprès que no havia estat decisió seva. Per a ell devia haver estat dolorós, no poder tornar. El nom que havia escollit per al seu fill era la prova de com els trobaria a faltar: l'havia anomenat Audaç, com ell, el germà petit.

Corrent entre les ruïnes, Capanegra es va adonar de la tragèdia que havia caigut sobre l'Illa dels Cavallers. A la destrucció causada per les bruixes s'afegia la del temps, en un espectacle esfereïdor.

Tan bon punt va arribar a prop de la plaça principal del poble, va sentir un nus a la gola, i durant uns moments no va ser capaç d'articular cap paraula: a cada cantonada sobresortien les siluetes d'habitants i cavallers, immòbils en el seu terror mut. Els soldats darrere seu es van aturar, amb gemecs d'horror, veient les serps platejades cargolades al voltant dels peus de les estàtues, disposades a devorar aquella gent així que tots ells tornessin a la vida.

Capanegra va impartir ràpidament les ordres:

–Els llançadors escollits, que prenguin posicions. Ja sabeu què heu de fer. Un projectil darrere l'altre a distància prudencial, fins a encerclar el lloc! Tot seguit, quatre de vosaltres es quedaran aquí mentre nosaltres avançarem cap a la Ciutadella.

Les serps es van separar de les estàtues de pedra reptant cap a l'Elf Negre i els seus soldats. Els arquers es van enfilar damunt de les parets esquerdades i van començar a tirar: les pedres detonadores enganxades als projectils van il·luminar la plaça, embolcallada en la foscor de la nit. La xarxa de llamps dels projectils impedirien a les serps atacar aquella gent quan es despertessin de l'encanteri de pedra.

Capanegra es va moure ràpid, tallant caps de

serps com si segués espigues de blat. Altres elfs el van seguir.

De cop i volta, la terra va tremolar. Per un instant va semblar com si l'Illa fos un vaixell a punt d'enfonsar-se. Un cop molt violent va esclatar amunt, cap a la Ciutadella, i després es va fer el silenci.

Només van quedar els crits de la batalla i els grinyols aguts de les serps.

Aquella nit es faria molt llarga.

Arrossegats pel núvol de pols que havia aixecat l'ensorrament, Spica i Ombrívol es van posar les mans a la boca per poder respirar i van continuar corrent.

L'estrella al front dels dos nois brillava, il·luminant aquelles parets i columnes que ara ja havien après a reconèixer. La pols de les runes els cremava els pulmons i els ulls, però afortunadament el núvol es va esvair de pressa, tot just passar l'ala de la vella biblioteca. Ja no faltava gaire. Ombrívol mirava endavant, decidit a portar a terme la seva missió.

El jove elf va sentir el rugit de Cuatallada i va sospirar: li hauria agradat ser al seu costat, però no podia.

En aquell moment, va sentir que Verí tremolava i es va aturar, indicant a la noia l'espurneig platejat de les serps davant seu.

Spica va tibar l'arc, va llançar una fletxa i tot seguit una altra, mentre algunes serps s'esmunyien cap a ells. En un moment, desenes d'aquelles criatures llefiscoses van bloquejar el passadís. N'hi havia tantes que era impossible enfrontar-s'hi. Ombrívol va agafar d'un braç la noia i se la va endur per un altre passadís, esperant esquivar l'amenaça. Però llavors uns altres rèptils els van encerclar.

Ombrívol va córrer cap endavant i va colpejar repetidament. Una, dues, tres serps van caure als seus peus, mentre d'altres prenien el seu lloc.

–No ho aconseguirem mai! –se li va escapar a Spica, mentre llançava fletxes tan ràpid com podia.

Ombrívol va mirar al seu voltant i li va assenyalar una escalinata que pujava cap a una planta que ja no existia a causa de l'ensorrament de feia una estona.

–Allà dalt. Vés! –li va ordenar.

Ella va obeir ràpida, sabent bé que des d'aquella posició tindria millor vista per apuntar. Va saltar els primers graons, per pujar tan amunt com pogués.

Però en aquell moment un altre violentíssim cop es va

abatre contra les parets de la fortalesa i la va fer trontollar fins als fonaments. L'escala va tremolar i algunes pedres es van fer miques sota els peus de la noia i la van fer relliscar.

Spica va cridar, es va agafar a unes escletxes de la paret i durant una llarga estona es va quedar suspesa damunt la sala envaïda de serps.

Ombrívol va cridar, però el soroll de l'ensorrament es

va empassar la seva veu. Una pluja de pedres va caure al passadís, damunt les serps i damunt seu. L'elf va intentar d'allunyar-se d'allà, però una serp se li havia entortolligat a la bota moments abans que una columna abatuda l'esclafés.

Un gran estrèpit, barrejat amb els rugits de Cuatallada, s'ho va endur tot, mentre queia una altra paret.

Spica va tornar a cridar. Ombrívol va rebre un violent cop, després la foscor i el fum el van cobrir.

24

CEL I MAR

Cuatallada va planar veloç per sobre la superfície del mar a la recerca del monstre marí.

Aquella criatura dels abismes semblava voler destruir-ho tot i ell no l'hi podia permetre. Ombrívol gairebé s'havia sacrificat a si mateix per salvar aquella Illa i ara necessitava la seva ajuda: només ell podria batre aquell enemic, massa imponent, massa salvatge per a qualsevol altre. Mentre era presoner dels orcs, Cuatallada havia derrotat altres dracs, però no havia lluitat mai contra una criatura com aquella.

De sobte, el drac va veure els anells blancs de la serp que brillaven sota la superfície de l'aigua. Batent les ales, Cuatallada es va aturar sobre el cap de l'enemic i el va estudiar, buscant la manera d'aferrar-lo amb les seves poderoses urpes. L'enorme cap es va girar per mirar-lo, com encuriosit. Aquells ulls sortits i lletosos el miraven de fit a fit.

Cuatallada va rugir i va llançar un dels seus llamps.

El monstre es va ocultar sota l'aigua, i amb un cop de cua va aixecar un imponent núvol d'esquitxos, abans de desaparèixer sense que el llamp l'arribés a tocar. Les poques serps platejades que encara nedaven en aquella banda de l'Illa van rebre de ple l'impacte i els seus cossos van quedar flotant en l'aigua.

El drac es va enlairar per tractar d'esbrinar on s'havia amagat el monstre. Va distingir l'estela clara de la serp que desapareixia en la foscor sota l'Illa, que va tornar a tremolar. De sobte ho va entendre: la serp havia excavat just allà el seu cau, causant aquelles terribles sacsejades i inestabilitzant l'Illa.

Cuatallada va bramar, cridant amb ràbia al monstre perquè s'enfrontés amb ell.

Acabaria amb ell. Però aleshores, amb un moviment ràpid i

brusc, la criatura va saltar fora de l'aigua i, agafant-lo de sorpresa, es va llançar amb força contra ell, amb la boca esbatanada.

Ombrívol va fer palanca amb Verí en el munt de roques que li havia caigut a sobre i se'n va desfer. Va trobar les mans de Spica que tractaven d'ajudar-lo, tremoloses. Tossint, es va posar dret. La sang li rajava d'una cella i li enllefiscava la cara.

Al costat de la noia, immòbil, hi havia una serp amb una fletxa trencada clavada al cos.

Spica li va semblar pàl·lida. Ombrívol es va adonar que en una espatlla, en el punt on la cuirassa de cuir era més dèbil, duia els senyals d'una mossegada i estava tacada de sang.

–Estàs ferida!

–No és res –el va tranquil·litzar Spica–. Em pensava que no havies sobreviscut a l'esfondrament!

–He estat de sort –va murmurar Ombrívol–. Però... t'he d'embenar l'espatlla, estàs perdent molta sang!

–No hi ha temps, només és una esgarrapada. Mira! L'ensorrament ha acabat amb les serps. No podem esperar que n'arribin d'altres, hem de marxar d'aquí! –el va interrompre ella, obligant-lo a mirar pel passadís.

Més enllà de la pila d'enderrocs s'entreveia el que quedava de la Sala dels Cavallers. Tard o d'hora la tornarien a refer, encara més bonica, però abans havien de reconstruir l'Escut dels Cavallers.

–Tens raó –va admetre el noi–. Anem, de pressa!

Feravista, que acompanyada de les Capes Negres havia arribat a la part baixa de la Ciutadella, va tallar amb un cop net el cos lluent d'una altra serp i tot seguit es va aturar, llançant un crit d'impotència. Estava acorralada, i la seva espasa sola no seria suficient. Les serps continuaven sortint d'una reixa, probablement connectada a les grutes sota la Ciutadella, i els projectils detonadors s'havien acabat. Sentia que no resistiria gaire més, però ningú no la podia ajudar.

Si Ombrívol no arribava de pressa a la Sala dels Cavallers no se salvaria ningú. I fins i tot si se'n sortia, la victòria comportaria dolor. Hi havia massa serps, i els habitants petrificats corrien el risc de no ser a temps de recuperar-se, com havia confiat.

–Em sap greu, m'hauria agradat poder fer més –va dir a contracor, mentre traspassava una altra serp.

Una llança provinent de dalt va passar rabent en l'aire fosc i es va clavar a terra.

–És massa d'hora encara per rendir-se! –va grunyir Capanegra, saltant avall des d'una paret en ruïnes.

–Tens més projectils detonadors? –va cridar ella, alleujada en veure finalment una cara amiga.

–Només un. Haurem d'intentar que ens duri! –va respondre Capanegra, plantant-lo a terra amb un gest ràpid.

L'esplanada on es trobaven va brillar amb la llum dels llamps i més ombres es van moure darrere les parets, allunyant-se i xiulant.

–No els podrem retenir gaire estona més –va dir ella–. Però serveixi o no, gràcies, amic meu. Moriré contenta, aquí, seguint Ombrívol. Tenies raó tu sobre ell... S'assembla molt al seu pare tot i els seus ulls i aquells estranys cabells verds. Serà un bon general per als Cavallers de la Rosa.

Després, amb un crit de guerra, va continuar la batalla fent llampegar la seva espasa, mentre la llança, en les mans expertes de Capanegra, dansava en la foscor.

Amb un ràpid batec d'ala i virant bruscament, Cuatallada va poder evitar la mossegada. Va bramar i petits llamps van crepitar en l'aire. El cos llarg i blanquinós de la criatura marina va fluctuar durant un moment interminable abans de tornar a caure a l'aigua, aixecant una onada gegant. Cuatallada va decidir aleshores descarregar-li un llamp al damunt. L'aire va semblar incendiar-se de llum, i l'aigua que s'havia aixecat es va evaporar en un moment. La descàrrega es va abatre sobre el monstre i el va cobrir completament.

Cuatallada va saber que l'havia tocat de ple. Amb tot, abans que el mar es tornés a tancar sobre la seva víctima, un llarg xiulet va pujar de l'aigua i amb un últim esforç el monstre marí es va cargolar sobre si mateix i va saltar de nou a fora. La seva boca es va clavar en la pota de Cuatallada i el drac es va veure arrossegat avall. Cap a l'abisme.

Va estirar les ales, tractant de mantenir-se en l'aire, però va acabar picant violentament contra els esculls. S'hi va agafar, però les roques es van esmicolar sota les seves urpes. Va estar a punt d'aconseguir-ho, però al final va perdre l'equilibri i va caure juntament amb el monstre.

De cop i volta es va trobar immers en un element que no coneixia. Els sons eren llunyans i distorsionats. Li va faltar l'aire, va intentar bellugar les ales sense aconseguir obrir-les ni tornar a pujar...

25
El preu a pagar

Spica es va enfilar damunt la pila de runa i un cop dalt es va deixar anar lliscant, amb el cor que semblava accelerar embogit dins el seu pit. El dolor a l'espatlla era punyent i sentia la sang rajar calenta i enganxosa sota la cota de cuir, amarant la roba.

Ombrívol la va ajudar a baixar per l'últim tram i juntament amb ella va entrar a la Sala dels Cavallers, una bona part de la qual s'havia ensorrat.

Ho hem aconseguit, va pensar emocionada. Ho hem aconseguit, va continuar repetint-se incrèdula, quan va veure l'Escut al bell mig de la sala. Hauria volgut córrer amb Ombrívol, però no tenia prou forces. Tot semblava flotar al seu voltant.

–Vés-hi tu –va dir a Ombrívol en fer-li el gest d'acompanyar-lo cap a les escales–. Jo em quedaré aquí cobrint-te les espatlles –va mentir, intentant aguantar-se dreta. Amb el braç en aquelles condicions, ni tan sols hauria estat capaç de tensar l'arc.

Ombrívol la va mirar fixament i va fer el que li deia.

–Tapona't la ferida –va dir, mentre li donava una vora de la túnica estripada, abans de pujar els graons que duien a l'Escut.

Spica va agafar tremolant el bocí de roba i va prémer els llavis, assentint. Amb una sobtada sensació de mareig al cos, es va recolzar en un pedrís i es va deixar caure lliscant a terra. Els ulls se li van omplir de llàgrimes. Mai no l'havien ferit amb aquella gravetat. El dolor era gairebé insuportable. Una gran por li va tancar la boca de l'estómac.

Esbufegant, la noia va veure com Ombrívol s'acostava als esglaons que portaven a l'Escut i després... Oh, no! Dues serps s'esmunyien cap a ell! Va cridar per avisar-lo, però amb prou feines va sentir la seva pròpia veu. Va entreveure Verí centellejant i el noi que pujava fins a l'Escut i es treia el fragment de sota la cota de malles.

Però allò va ser l'últim que va veure. Després les llàgrimes li van negar els ulls i ho van ofuscar tot, i sobre ella va caure una foscor freda com la nit.

Cuatallada va empassar aigua salada. Espantat i fora de si per la ràbia, va lluitar per alliberar-se i va enfonsar les urpes al cos de l'enemic, que al seu torn intentava entortolligar-se-li per ofegar-lo. Les dues criatures, la serp d'aigua i el drac de l'aire, es van agafar l'una a l'altra.

Cuatallada va llançar un rugit de ràbia, que es va transformar en un núvol de bombolles roents que pujaven cap a la superfície de l'aigua.

Va enfonsar encara més les urpes i el monstre es va estremir, afluixant lleugerament la pressió. La serp va deixar anar els ullals de la pota del drac, que lluitava

per desfer-se'n, i va moure la cua, llarga i esmolada com una fulla d'afaitar. Cuatallada va sentir un dolor agut: la forta membrana que li cobria l'ala es va estripar de dalt a baix com la vela d'un vaixell esquinçada per un vent tempestuós.

Només aleshores el drac va comprendre que no se'n sortiria. Aquell no era el seu món. No havia lluitat mai en un element com aquell. Un element que se l'empassava... No havia estat mai *al* mar. Allà baix no hi havia aire. No hi havia sons i, sense el sol que l'escalfés amb els seus rajos, l'aigua era freda com la fulla d'una espasa. Allà la seva habilitat en el combat no seria suficient per sobreviure. Ni tan sols hi podia fer servir la seva millor arma, el llamp.

Però Ombrívol confiava en ell. L'havia enviat sol a combatre... i ell no el decebria. Tot se n'aniria en orris si ell desapareixia, engolit pel mar, arrossegat a l'abisme per aquell monstre... No ho podia permetre. Si no el podia fulminar, aleshores el mossegaria fins a esquarterar-lo, i si havia de caure mort al fons d'aquell mar fosc, també se l'enduria a ell.

Amb un bram furiós, va allargar el coll i va enfonsar les dents uns quants cops en el cos viscós d'aquell monstre tan enorme.

L'aigua es va tornar densa i opaca, la sang del seu enemic es va barrejar amb la seva. Atrapada a la seva boca, la criatura marina va tractar de desempallegar-se'n, va intentar fugir... però era massa tard. Un tremolor descontrolat va sacsejar el seu llarg cos i tot seguit, amb una ranera, es va afluixar fins a quedar immòbil al costat de Cuatallada.

Ombrívol es va moure tan ràpid com va poder cap a l'Escut, enmig dels pedrissos i les ruïnes de la Sala dels Cavallers, saltant per sobre amb una força desconeguda per a ell.

Spica estava ferida i necessitava atenció, Cuatallada estava lluitant tot sol contra un monstre marí i els Elfs Negres combatien per ajudar-lo a ell i a tots els habitants de l'Illa dels Cavallers petrificats.

I ell era allà per salvar aquella gent i alhora també el seu pare, llunyà però atrapat en la mateixa presó de pedra.

Amb les mans plenes d'esgarrapades i de sang seva i de Spica, Ombrívol va pujar els últims graons que el separaven de l'Escut dels Cavallers, va agafar el fragment que havia guardat fins aleshores sota la cota i el va mirar.

El pètal d'una rosa esculpida en baix relleu va brillar a la llum de l'estrella que refulgia al seu front. Ombrívol va desitjar amb tot el cor que fos suficient per salvar aquelles persones, per desfer el sortilegi de la malvada Reina Negra.

Però ni tan sols aleshores la seva missió s'hauria acabat. Flordiana li havia demanat de restablir l'orde dels Cavallers de la Rosa per honorar la memòria dels justos. Les bruixes no havien estat derrotades definitivament, el món encara necessitava els cavallers i les fades, necessitava algú que pogués unir tots els pobles del Regne de la Fantasia.

El cor li va fer un salt: una nova vida començaria per a ell després d'aquell dia.

Amb un esforç de voluntat, el jove va prémer els dits a la pedra, la va posar damunt l'Escut i la va fer lliscar al seu lloc.

Durant un moment que va semblar molt llarg no va passar res i va ser com si el món s'hagués cristal·litzat tot sencer.

Després, de cop i volta, sota la seva mà el fragment de l'Escut es va escalfar fins a cremar com una flama viva.

Un fi vel platejat, semblant al gebre, va recobrir la rosa i després tot es va omplir de llum.

Feravista es va llançar endavant i abaixant l'espasa va tallar netament el cap de dues serps. Capanegra va moure ràpid el pal de la seva llança i en va ferir dues més, però una tercera serp li va mossegar la cuixa.

L'elf va cridar de dolor i, girant-se de cop, li va clavar la llança al coll de la criatura. N'hi havia moltes i ells estaven encerclats. L'únic que podien fer era intentar resistir.

Però mentre les boques famèliques de les serps s'obrien davant d'ells, una resplendor sobtada provinent de la Ciutadella va il·luminar la foscor. Les escates platejades de les serps van semblar encendre's.

Capanegra i Feravista es van mirar amb ulls perplexos i plens de llàgrimes.

Ombrívol ho havia aconseguit!

Ombrívol es va veure envoltat d'una llum càlida que es va aixecar de l'Escut.

Floridana va aparèixer davant seu:

–*Estava segura que duries a terme la teva missió, valerós cavaller meu. I ara has entès allò que ningú no t'hauria pogut explicar, ni tan sols jo. Un cavaller ha d'escollir, i allò que escull ha de ser el camí per unir i no per dividir, el camí per comprendre i no per destruir. El cavaller segueix el fil de llum de la seva ànima, no el fil de la seva espasa. Ara que saps qui ets, saps què val la teva vida i saps què és la por, estàs preparat per complir el teu destí?*

La Reina de les Fades li va agafar les mans. Ombrívol va notar com la llum del front se li tornava incandescent.

–*Damunt d'aquest escut de granit on brillen els pètals d'una Rosa de Plata* –va continuar Flordiana amb la seva veu clara–, *sigui constituït aquesta nit un nou orde de cavallers. Un orde que es basa en la força d'esperit, la lleialtat i l'honestedat de reconèixer les pròpies debilitats. Un orde que es funda en el Passat, que afronta el Present amb valor i que construirà el Futur dia a dia! S'anomenarà orde dels Cavallers de la Rosa de Plata i tu el constituiràs! Sigues fort i no tinguis por dels dies que vindran, Ombrívol. Un nou Regne de la Fantasia està sorgint de les ruïnes del vell. Ara vés, no et queda gaire temps* –va xiuxiuejar, mentre li deixava anar les mans i desapareixia.

La llum es va apagar. Ombrívol va vacil·lar i va tenir la impressió, durant un brevíssim instant, que l'Anell de Llum li congelava cada múscul del seu cos.

Després, com una onada violenta, en aquell silenci irreal van arribar els crits de confusió i de dolor de deu, cent, mil habitants de l'Illa dels Cavallers... Ombrívol va respirar fondo i va sentir que aquella antiga terra tornava a respirar amb ell.

A la sala havia caigut novament la foscor de la nit. Només l'Escut, amb la rosa finalment reconstruïda, resplendia amb llum pròpia, impregnat de la màgia de Flordiana.

Confós, com si ell mateix s'acabés de despertar d'un son de pedra, el jove elf va tentinejar i va estar a punt de perdre l'equilibri. Se sentia ple d'orgull i força, feliç, esperançat... però de cop li van pampalluguejar a la ment les paraules de Flordiana.

No et queda gaire temps.

Gaire temps, per a què?

Es va fregar els ulls i es va adonar que faltava alguna cosa.

O més ben dit, *algú.*

–Spica –va cridar.

La seva veu esquerdada va ressonar en la quietud sobtada de la Sala dels Cavallers. La va tornar a cridar, però ella no va contestar.

Amb un terrible pressentiment es va girar, la va buscar entre la runa i finalment la va veure. El silenci es va escampar, eixamplant-se al seu voltant com la sang que rajava de la ferida de la noia.

I tota esperança va abandonar el cor d'Ombrívol.

26
La dansa de les onades

Les aigües dels Mars Orientals eren fosques, negres, i es tancaven al voltant de Cuatallada com un cel de tempesta. Però Cuatallada sabia que al cel, si volava prou alt, hi trobaria els estels i la llibertat. L'aigua, en canvi, pesava, era densa i... estava pertot arreu, als ulls, als narius, a la gola. Per més que el drac lluités, ella guanyava.

Cuatallada queia. Queia però no sabia on. No aconseguia volar i l'aire que havia emmagatzemat als seus amplis pulmons se li escapava. No hi havia peixos, ni tan sols la llum de la lluna per guiar-lo. No hi havia res excepte aigua. Cuatallada va mirar com desapareixia el cos de la serp blanca sota seu, engolit pel mar negre.

Tenia fred. I se sentia sol.

Havia matat la serp, havia salvat l'Illa dels Cavallers i Ombrívol, però no veuria amb els seus ulls el final de la història. El mar l'engolia amb remolins silenciosos, conduint-lo cap a fondàries fosques com el cel sense estrelles.

Era això, doncs, el que succeïa quan arribava la mort?

De cop i volta, però, els corrents més profunds del mar van vibrar. Cuatallada va sentir un so dolç i lent, com el d'un riu que corre plàcid.

Alguna cosa va tocar el drac i el va sostenir, com una mena de corrent d'aire. Instintivament, Cuatallada va obrir les ales, buscant el vent, i l'aigua va borbollejar al seu voltant. Va tenir por, va intentar buscar on agafar-se, però un cop més les seves urpes només van trobar aigua. Després va notar que l'empenyien amunt i tot d'una va distingir una veu que ja havia sentit. La veu d'aquella que un dia havia sorgit de l'escuma del mar, davant d'Ombrívol, dient que es deia Marea i que era la fada que protegia aquell mar perillós i obscur. Ara Cuatallada sentia aquella mateixa veu profunda riure alegre i allunyar la foscor.

–Obre les ales, amic del cel –deia–. Obre les ales i les meves amigues les onades dansaran per a tu i et portaran novament a la superfície! A tu et dec la llibertat, tu has vençut la serp marina que les bruixes van deixar aquí com a guardiana, la criatura que ofegava aquestes aigües i que desanimava els navegants més coratjosos i hàbils. Tu m'has retornat el mar i jo et dec tota la meva gratitud!

Una sensació de serenitat es va escampar pels membres cansats de Cuatallada, anul·lant el dolor de les ferides i la tristesa de no poder tornar a veure Ombrívol.

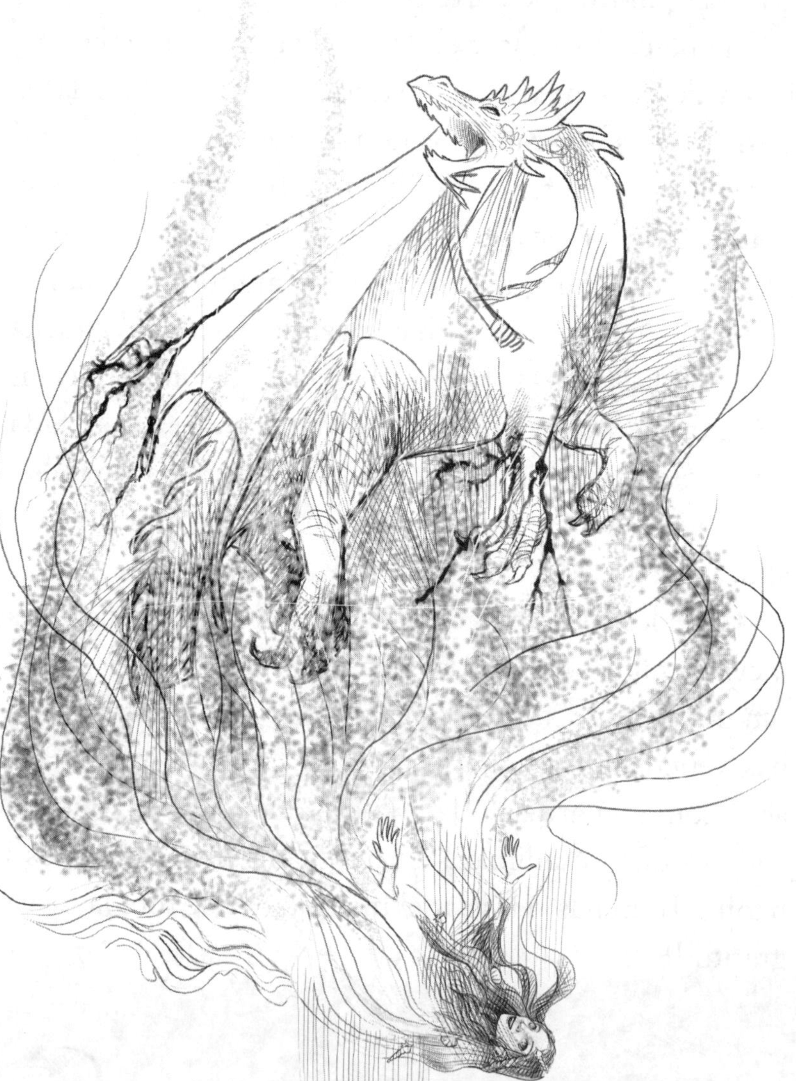

Marea va continuar:

–No tinguis por! Les meves onades et reconduiran al teu món, et retornaran a l'aire i a la llum del sol..., et sostindran com si fossis al cel clar! Torna amb el teu cavaller i saluda'l de part meva. Dóna-li les gràcies per haver mantingut la seva paraula i digue-li que cada cop que em necessiti em pot cridar i jo li respondré. Els Mars Orientals tornaran a ser habitats per gran varietat de peixos, d'algues i de criatures encantades, les onades acaronaran un altre cop les ribes de l'Illa i alegraran les ànimes dels cavallers amb les seves alegres simfonies. Que les aigües et retornin al teu món, criatura meravellosa, com tu m'has restituït el meu...

I mentre la fada parlava, Cuatallada va sentir com realment l'aixecaven en l'aigua.

Intentant entendre d'on provenia aquella veu, Cuatallada va mirar cap al fons del mar, en el negre més negre, i per un instant, abans que les onades el portessin de nou a la superfície, li va fer l'efecte que veia Marea dansant alegrement amb altres criatures encantades.

Després la veu es va anar afluixant i es va apagar, mentre Cuatallada notava que el fred minvava i l'aigua es feia més lleugera. Impulsant-se, el drac va estirar el coll i finalment els seus narius van trobar aire. Fent un enorme esforç, el drac va alçar els ulls i va veure les estrelles. Va sentir l'aire als pulmons, les onades contra el seu cos, i aleshores va deixar anar un prim i emocionat xiulet d'agraïment.

A la superfície del mar, relluent de reflexos, la dansa de les ones de Marea va continuar sostenint-lo i transportant-lo cap a la riba sense que Cuatallada hagués de fer res més que abandonar-se a mercè dels corrents i deixar-se dur allà on Marea el volgués dur.

Va ser llavors que un llampec de llum, enlluernador i imprevist, va esquinçar la foscor i es va projectar damunt el cel i el mar.

L'Illa dels Cavallers va aparèixer sobtadament embolcallada d'una claror resplendent. L'aigua va espurnejar com constel·lada d'escates lluents i, immers en aquell espectacle extraordinari, Cuatallada va sentir una cosa que coneixia bé.

El batec d'un cor.

El d'Ombrívol.

L'estrella del seu cavaller s'havia encès, ardent, al seu front i ara no li quedava sinó atrapar-la.

L'alegria el va envair, retornant-li un sentiment d'esperança. Però, així que la llum es va apagar, Cuatallada es va adonar que estava cansat i ferit, que l'aigua i la serp marina l'havien deixat sense forces, i es va sentir desesperadament lluny del seu cavaller i de l'Illa. Com s'ho faria per trobar Ombrívol?

Les onades semblaven tan lentes que potser no arribaria mai a casa...

27
Renaixement

La llum es va expandir com un cercle que s'eixampla a l'aigua i de cop tot va semblar aturar-se: les serps que atacaven, el cor de Capanegra i el de Feravista. El silenci es va carregar de màgia i la màgia ho va embolcallar tot: les parets de les cases en ruïna, els cossos dels habitants petrificats, els dels Elfs Negres ferits i els dels Elfs Negres que encara lluitaven.

La llum va passar i com una onada va fer esvair els enemics en núvols grogosos. Els esquelets pelats de les serps, que les bruixes havien posat com a guardianes a l'Illa dels Cavallers, van caure a terra, buidats de l'encanteri malvat que els donava vida. Un cop el tercer fragment s'havia unit a l'Escut, n'havia brollat una màgia prou potent per aniquilar també les serps marines. Ja no calia lluitar més.

Feravista va sentir el so cristal·lí d'una espasa que queia a terra.

No pas la seva, que mantenia ferma al puny.

Era l'espasa de l'elf petrificat al seu costat, Coratjós.

Abans que l'elfa sabés què estava passant, la silueta imponent de l'Elf Vermell li va caure al damunt, envestint-la. Feravista el va intentar aguantar i aleshores va sentir el pit de Coratjós que pujava i baixava al ritme de la respiració... Es pensava que somiava.

Ombrívol ho havia aconseguit: el nou General Suprem dels Cavallers havia salvat tothom.

A tothom.

–No... va murmurar Ombrívol, sense alè.

El noi es va agenollar al costat de Spica, entre les pedres i les columnes trencades. Vençut pel dolor, la va agafar entre els braços, mirant desesperadament d'estroncar la ferida a l'espatlla. Hi havia sang a tot arreu, a la roba xopa, a la cota de cuir, i s'havia escampat per terra formant un bassal fosc i enganxós.

La noia, pàl·lida, tenia els ulls tancats com si estigués immersa en un son profund. Només un lleu somriure se li dibuixava als llavis.

Com si estigués segura que tot aniria bé. Les llàgrimes que li havien rodolat per les galtes li emperlaven encara les pestanyes, i en la llum emanada de l'Escut de Plata dels Cavallers semblaven fragments de cristall.

No et queda gaire temps, havia dit Flordiana, i Ombrívol ara ho entenia. Però no sabia què fer. Era com si estigués presoner d'un malson. Per què la màgia no havia salvat Spica? Per què no obria els ulls?

Es va inclinar sobre el rostre preciós de la noia, la va sentir respirar, fluixet, i va prémer la mà a la seva ferida. La sang li va semblar freda, com si ella ja hagués abandonat el cos... i l'hagués abandonat a ell, entre les ruïnes de l'Illa dels Cavallers.

Empassant-se la desesperació i les ganes de cridar, Ombrívol li va posar una mà al front i li va apartar delicadament els llargs cabells rossos, bruts de pols i de sang:

l'estrella que li havia estat confiada al seu naixement gairebé s'havia apagat.

–No! –va tornar a exclamar, pàl·lid, en la foscor que els anava acorralant per tots costats–. Resisteix, Spica! Has de resistir! No et rendeixis... No et pots rendir. No t'has de rendir...

No li havia volgut dir que la ferida era tan greu. S'havia estimat més que s'ocupés de l'Escut i de tots els altres habitants de l'Illa que no pas d'ella. Potser es pensava que era capaç de resistir, però ara se n'estava anant, lentament. I ell no hi podia fer res! No duia cap poció. No coneixia màgies curatives. Un crit de ràbia li va sortir de la gola mentre estrenyia Spica entre els braços intentant alçar-se per endur-se-la a un altre lloc...

Però on?

Què se n'havia fet, dels altres? On eren Cuatallada, Capanegra, Feravista? On era tothom? Per què Flordiana no s'havia quedat allà per ajudar Spica?

Va cridar, però ningú no va contestar.

Aleshores va continuar parlant, com si no pogués suportar el silenci d'aquell lloc.

–Spica, contesta'm! Desperta't, vinga! No em pots abandonar justament ara que ho hem aconseguit. Necessito el teu suport... –La veu se li va trencar.– Haurem d'ajudar aquesta gent a arreglar les coses i jo no ho puc fer sense tu! Vinga, torna amb mi!

Just aleshores, pels passadissos van ressonar algunes veus.

A Ombrívol li va semblar que pronunciaven el seu nom. Va alçar el cap i va cridar:

–Ràpid! Aquí! Som aquí!

Feravista va sorgir entre la runa juntament amb altres elfs, però el noi no es va entretenir a mirar qui eren. A ell només li interessava ella.

Feravista va veure la sang i com al rostre d'Ombrívol l'esperança s'esvaïa com el sol darrere d'un núvol.

–Encara respira! T'ho demano, digue'm que hi pots fer alguna cosa... Digue'm que duus una ampolla de Poció de les Fades! –la va escometre el noi, mirant-la als ulls.

No va caldre afegir res més. Feravista va assentir i es va inclinar sobre Spica. Va apartar la mà d'Ombrívol, va acabar d'arrencar la tela estripada per les dents de serp, va destapar l'ampolla i en va abocar el contingut damunt la ferida oberta.

–Aferra't a la vida, criatura! –va

murmurar Feravista, mentre Ombrívol tenia la mà sobre el front de Spica i estrenyia amb els dits ensangonats les mans fredes de la noia. L'elf sabia que aquella poció era potent, però per uns moments va tenir la sensació que no funcionaria, va tenir por que fos massa tard... Aleshores, tot d'una, l'estrella sota la seva mà, al front de Spica, va començar a tremolar i va brillar dèbilment.

Els llavis de la noia es van estremir i Ombrívol va veure dos preciosos ulls blaus que s'entreobrien.

–L'Illa... –va murmurar ella amb esforç.

–Estigues tranquil·la, hem reconstruït l'Escut, tot anirà bé. Et salvaràs –li va xiuxiuejar ell.

–Ara dorm –va dir Feravista–. El repòs és l'única cosa que et farà tornar les forces.

Spica va moure el cap amb un estremiment de dolor i va dibuixar un somriure cap a Ombrívol, que va tancar els dits entre els seus. Després va tornar a cloure els ulls i es va abandonar a un son profund.

–Just a temps –va dir una veu que Ombrívol no coneixia, darrere seu. El noi es va girar i es va topar amb els ulls d'un elf molt alt amb cabells llargs i barba d'un vermell intens.– Havia perdut molta sang.

Feravista va prémer amb la mà l'espatlla d'Ombrívol.

–Deixa-me-la a mi, no tinguis por. Spica estarà en bones mans.

Així, Ombrívol es va aixecar i tentinejant va mirar al seu voltant. Només aleshores es va adonar dels crits d'alegria que ressonaven en tota l'Illa. Els habitants, despertats del seu son de pedra, estaven arribant a la Sala dels Cavallers. Passaven com una marea i es quedaven observant, confosos, tant a ell com l'Escut de la Rosa de Plata que relluïa en la nit com una estrella.

Enmig d'aquella alegre confusió, a Ombrívol li va semblar sentir un batec incert d'ales.

–Cuatallada! –va murmurar, atordit.

Es va girar, esperant veure aparèixer el seu amic drac, però de sobte va recordar que l'havia enviat a enfrontar-se amb el monstre marí, tot sol, i va sentir un pes que li estrenyia el cor. Li va fer l'efecte que la foscor d'aquella nit no s'acabaria mai.

La veu de Capanegra va fer callar el xivarri que havia omplert la sala. Dret damunt les parets esfondrades, amb les ferides embenades amb cura per alguns cavallers, l'Elf Negre es va tombar cap a Ombrívol i li va fer un breu senyal. El noi, que estava escrutant el mar des d'una torrassa esperant veure arribar Cuatallada, el va obeir.

Els dracs blaus, també desvetllats del seu son de pedra, havien volat mar endins per buscar algun rastre de Cuatallada, però encara sense resultat. Era de nit i el gran nombre d'esculls no ajudava a la recerca.

Ombrívol es va acostar a Capanegra amb el rostre tens:

–No li hauria d'haver ordenat que ataqués estant sol.

–No ho hauries pogut fer de cap altra manera –el va consolar Capanegra–. Però ara no parlis, escolta.

Ombrívol va tancar els ulls i va escoltar.

Va sentir el so del mar que batia les costes rocoses i el so del vent que escombrava l'Illa i... el so d'alguna cosa que gratava la roca.

A Ombrívol el cor li va fer un salt.

–Urpes –va murmurar estupefacte. I de seguida va arrencar a córrer cap al mar, oblidant-se del dolor i el cansament.

–Cuatallada! –va cridar.

Un rebuf adolorit li va respondre.

A mesura que baixava sentia el so de les urpes més a prop, fins que va veure dos ulls grocs que el miraven en

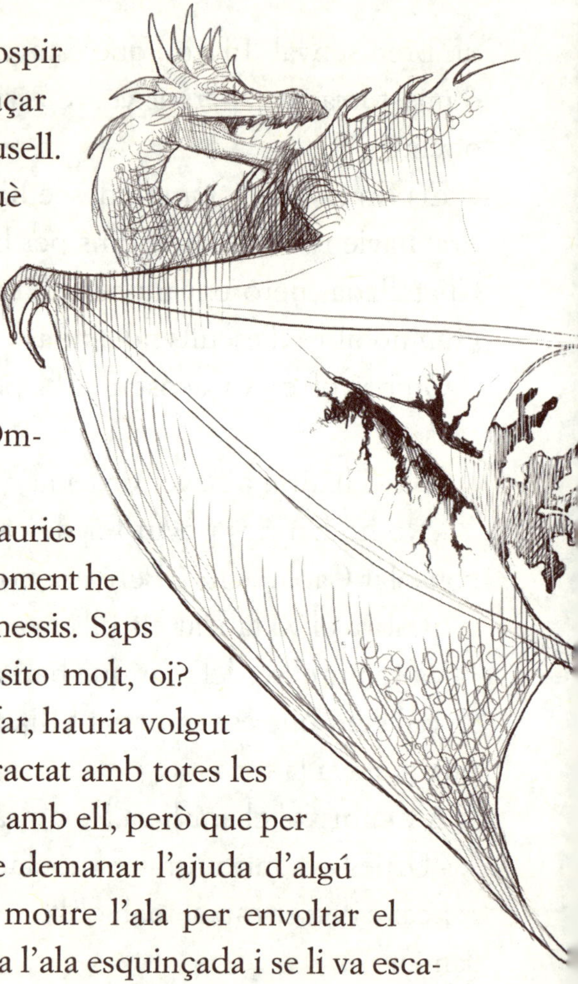

la foscor. Amb un sospir d'alleujament va abraçar l'enorme i familiar musell.

–Amic meu, per què no voles? Què t'ha passat?

El drac va deixar anar un xiulet orgullós, refregant-se en Ombrívol.

–Ho sabia, que l'hauries vençut, però per un moment he tingut por que no tornessis. Saps prou bé que et necessito molt, oi?

Cuatallada va rebufar, hauria volgut dir al noi que havia tractat amb totes les seves forces de tornar amb ell, però que per fer-ho havia hagut de demanar l'ajuda d'algú molt important... Va moure l'ala per envoltar el seu cavaller, però tenia l'ala esquinçada i se li va escapar un lament.

Alguns elfs se li van acostar. Amanyagat per les paraules d'Ombrívol, Cuatallada no es va esverar i es va deixar tocar per les seves mans expertes.

Ombrívol va somriure i va respondre a les mudes preguntes del seu amic:

–Tot anirà bé, ara. L'Illa s'ha despertat i aquell és un dels dracs dels cavallers, un altre drac blau com tu. Feia hores que et buscàvem. Spica es curarà aviat i tu tornaràs a volar, no en tinc cap dubte.

–Sí, no tinguis por –va confirmar un elf en to alegre–, curarem aquestes ferides. La teva ala és jove i cicatritzarà bé si la suturem de pressa i, si em promets que no faràs cap moviment brusc, jo mateix me n'ocuparé ben aviat...

Cuatallada va bufar amb aires de superioritat i Ombrívol va esclatar a riure:

–T'ho promet. O se les haurà de veure amb mi!

–Aleshores faré que em portin fil i agulla –va dir l'elf.

Ombrívol estava tan cansat que es va quedar allà en silenci, fent companyia al seu amic drac. Cuatallada semblava que només volia això; va enfonsar el musell humit contra els braços d'Ombrívol i després va tornar a mirar amunt, cap al cel.

Al jove cavaller li semblava haver renascut juntament amb l'Illa. Finalment tornaria a veure el seu pare! I per a ell començaria una nova vida. Esgotadora, complicada, plena de deures i de tries difícils, però una vida lliure, que podria viure feliçment al costat dels seus amics.

Moltes coses millorarien si hi creien, si lluitaven plegats sense rendir-se, amb l'esperança al cor.

Això era el que Flordiana volia.

I era amb aquesta convicció que l'Illa dels Cavallers havia renascut.

EPÍLEG

El corn va sonar, i molts d'altres li van respondre, ressonant d'una banda a l'altra de l'Illa dels Cavallers.

Era primera hora del matí i Spica, que estava reordenant la seva estança habilitada a l'antiga Ciutadella, es va sobresaltar. Feia tres setmanes, des que s'havia recuperat totalment de la ferida a l'espatlla, que esperava aquell dia.

Va sortir i l'aire fresc li va produir un calfred que li va recórrer tota l'esquena.

Vistaguda, que havia arribat de l'Illa de la Lluna Creixent per ajudar el seu pare i tots els altres, va passar corrents pel passadís.

Spica va tractar d'aturar-la:

–Què passa? Que ja arriben?

–Sí, tres vaixells preciosos, que sembla que volin en l'aigua! –va respondre ella, entusiasmada, sense afluixar el pas–. Vaig a cridar els altres!

Spica li va fer un somriure i es va girar. Des d'aquella banda de la Ciutadella no es veia el mar, de manera que va enfilar els passadissos que duien directament a les muralles occidentals.

Com cada matí, a la torre de guaita va trobar Ombrívol i Cuatallada.

–Encara no pots volar. Entenc la teva impaciència, però has de fer repòs fins que l'ala no estigui fora de perill! –li deia Ombrívol.

–Ja arriben? –va dir ella, acostant-se-li i posant la mà damunt les escates del drac.

Ombrívol va assentir, indicant-li l'horitzó, i el drac va emetre un rugit ronc i va estirar el coll per escrutar el mar.

Feia un cel serè, i en l'aire suau del nou dia els vaixells

semblaven petites gemmes de cristall relluent. A l'Illa no hi havia Portals de les Fades, i l'única manera d'arribar-hi era a través del mar o de l'aire.

Tan bon punt al Regne de la Fantasia havia corregut la notícia de la victòria d'Ombrívol, s'havia posat en marxa una grandiosa cadena d'emissaris, que portaven felicitacions i promeses d'ajuda. Els Gnoms de Forja s'havien compromès a enviar mestres picapedrers per decorar les noves cases que es construirien, i elfs de tots els reialmes havien anunciat l'enviament de regals preciosos: teixits, llavors, metalls i qualsevol cosa que pogués ajudar l'Illa a recuperar l'esplendor d'altres temps. Els Nans Grisos, alliberats de l'encanteri que els havia empresonat als troncs del Bosc que Parla, havien promès portar-hi fustes de qualitat per fer-ne portes i finestres. I ara, finalment, les naus enviades per Flordiana per recollir ajuda i materials començaven a arribar.

Les veles inflades pel vent empenyien ràpides les proes cap a l'Illa.

Spica va dir alegrement:

–Ahir vaig mirar els dibuixos de Coratjós per al nou far. Penses que la roca que ha escollit serà un bon lloc?

–I tant. És un projecte que s'ha estudiat a fons.

–I el poble, que l'has vist? Està tornant a florir de pressa.

–Sí –va somriure el noi–. Fins i tot els dracs estan col·laborant en la reconstrucció.

Cuatallada va rondinar, molest, i Ombrívol va riure, divertit.

–Tu també hi has donat un cop de mà com has pogut. No és culpa teva que les ferides d'aquell monstre marí es curin tan lentament!

Cuatallada va llançar una mirada a l'enorme drac blau que traslladava pedres de grans dimensions cap al port, per fer-ne dics que protegissin les costes de les onades més violentes, i va sospirar com si se sentís inútil.

Spica li va dir en veu baixa:

–Ho sé, no és fàcil estar-se parat quan tota la resta treballa, però fer una mica de repòs t'anirà bé per curar-te completament i... perquè et tractin a cos de rei!

Cuatallada va inclinar el cap d'un costat, com si no entengués què s'hi podia trobar, d'engrescador, a ser tractat així.

–Crec que aquesta última idea no li acaba de fer el pes –va interpretar Ombrívol.

–Sí, en això és igual que el seu cavaller. Si està parat se sent inútil, oi?

Ombrívol es va posar vermell.

–Tens raó –va admetre, però de seguida va canviar de tema–: Per cert, he sentit que has parlat amb Feravista.

Spica va fer que sí amb el cap.

–Mentre estava al llit, recuperant-me de la ferida, vaig pensar sovint en el naixement d'Alargentada i vaig decidir que vull convertir-me en Ensinistradora de Dracs. Feravista em va dir que així que tornem a la normalitat ens posarem a treballar totes dues!

–Crec que serà una professora severa però justa. Però què en dirà, el teu pare? Una filla cavaller no tothom...

Spica va sentir un mossec de nostàlgia.

–En la carta en què anunciava la seva arribada no em va semblar que estigués inquiet. Penso que ho entendrà. Què creus que dirà el teu pare de tu?

Ombrívol va sospirar.

–No ho sé –va murmurar.

Spica va somriure i va fixar els ulls blaus en els vaixells que s'aproximaven.

–Ets un beneit d'amoïnar-te! –va afegir, i li va agafar la mà mentre esclatava a riure, immensament feliç.

Els vaixells van tirar l'àncora aquell vespre mateix i les xalupes llargues i estretes van tocar terra abans que es fes de nit. L'Illa dels Cavallers va rebre, així, els seus primers hostes després de molt de temps.

Buscant amb la mirada el seu pare Cortenaç entre els viatgers que desembarcaven, Ombrívol va veure una persona que no s'esperava. El cor li va fer un salt al pit, i corrent el noi es va llançar a abraçar Règulus, que intentava baixar de la xalupa sense caure a l'aigua.

–Règulus! –va cridar–. Què hi fas, aquí? Em pensava

que no hauries estat a temps d'arribar amb els primers vaixells!

–I per què no? Quan els amics necessiten ajuda un ha de córrer! –va dir l'elf amb l'aire alegre i vivaç de sempre–. Oi que sí, Robínia?

–Esclar! –va somriure la jove Elfa dels Boscos, saltant de la barca, mentre Llumí treia el cap darrere seu.

En aquell instant va arribar també Spica, de bracet amb el seu pare, Eridà, i els ulls se li van il·luminar d'alegria en veure el seu germà i la seva amiga. Va saltar entre els braços de Robínia rient i plorant alhora.

–Heu vingut tots... Oh, és meravellós! Però per què ningú no ens havia avisat que tindríem una reina com a convidada? –va afegir, però de seguida es va mossegar la llengua en recordar les preocupacions de Robínia sobre aquesta qüestió.

L'elfa es va posar a riure.

–Perquè ja no ho sóc, de reina, i per tant no hi havia cap raó per anunciar visites oficials!

En veure la cara de perplexitat d'Ombrívol i Spica els va dir:

–Em penso que no sabeu el que va passar. Bé, ja hi haurà temps d'explicar-vos-ho mentre us ajudem que tot torni a la normalitat!

Cuatallada deixava anar petits esbufecs i feia festes a Llumí.

Ombrívol va saludar Eridà, que li va donar la mà enèrgicament i va acabar d'explicar allò que Robínia havia deixat pendent.

–El Reialme dels Boscos ha escollit el seu nou rei a la Clariana dels Tretze Arbres Savis, com es feia en altres temps.

–...i això ha alliberat Robínia i li ha permès dedicar-se a la seva passió pels elixirs de bellesa –va afegir Règulus fent una ganyota.

–Són *pocions curatives* i són molt bones per a la salut! –va protestar ella de braços plegats.

Tot continua igual, va pensar Ombrívol, mentre els seus amics xerraven, el tràfec de paquets augmentava i les xalupes navegaven mar endins per arribar fins als vaixells i carregar més passatgers i més regals. La màgia havia tornat a impregnar aquell lloc i ell faria el que fos perquè les coses continuessin sempre així. Els Elfs Negres es van acostar per conèixer els nouvinguts, i ben aviat, ell ho sabia, amb la col·laboració de tothom, aquella terra tornaria a brillar.

Vells i nous amics. De la trobada entre Passat i Present, en sortiria el Futur de l'Illa.

–I endevina amb qui hem fet el viatge! –La veu de Règulus va interrompre els seus pensaments.– Amb Espurna! Va obtenir un permís a l'escola per mags per venir aquí a ajudar-vos. I també hi són Estel·làrius i Cortenaç, que s'han passat mig viatge tots dos a part parlant de coses complicades...

En sentir dir el nom del seu pare, Ombrívol va dirigir els ulls cap al mar. A la proa d'una de les xalupes que anaven del vaixell a la riba, un elf mirava al davant amb els seus ulls negres.

El meu pare!, va pensar Ombrívol amb el cor accelerat i reconeixent-lo de seguida.

Just aleshores, mentre la barca tocava terra, Cortenaç es va girar i va topar amb la seva mirada. La mirada del seu fill, aquells ulls verds foscos que havia heretat de la mare.

Pare i fill es van mirar uns moments de fit a fit, es van acostar incrèduls i finalment es van

abraçar i van estar-se així una bona estona, allà, en aquell port semidestruït, mentre tota l'Illa els mirava, commoguda.

–Aquesta història només podia acabar així! –va sospirar Règulus.

–Tens tota la raó, jovenet! –va exclamar Estel·làrius.

–Però, a veure –va intervenir Espurna–, algú de vosaltres es vol dignar a explicar-nos fil per randa com va anar la cosa? Ni tan sols Floridana ens va voler revelar res i ens morim de curiositat!

I així, mentre Ombrívol duia el seu pare a veure els Elfs Negres i el seu germà Capanegra, Spica va acompanyar els hostes i amics a la Ciutadella, començant alegrement la narració dels fets, com només ella sabia fer.

Des d'aquell dia, la vida a l'Illa va transcórrer amb serenitat i alegria. Cuatallada es va recuperar de la ferida i durant molts anys va volar amb orgull pel cel blau. El petit Alargentada va créixer ràpidament i Spica es va convertir en la seva Ensinistradora, sota l'atenta supervisió de Feravista.

Es van construir cases magnífiques, la Ciutadella va

recuperar la seva esplendor, les fonts van tornar a rajar i ben aviat tots els dracs i els cavallers van trobar el seu lloc al Regne de la Fantasia, disposats a ajudar aquell que ho necessités.

Ombrívol va esdevenir el General Suprem dels Cavallers de la Rosa de Plata, amb l'afecte i el suport de Spica i del seu pare Cortenaç. Règulus i Robínia també van establir la residència a l'Illa, juntament amb Eridà, i es van ocupar de la reconstrucció de la gran biblioteca, d'un jardí d'herbes remeieres i d'un observatori astronòmic. Van viure plegats moltes més aventures i encara més en van viure els seus fills i els fills dels seus fills, però aquest no és el lloc on explicar-les.

Els Elfs Negres, en canvi, van tornar a l'Illa de la Lluna Creixent on havien viscut sempre, i d'aquella gent esquiva encara avui ben pocs en coneixen la història.

Però ara ha arribat el moment d'acomiadar-nos. Com totes les històries, aquesta també ha arribat a la seva fi.

Com jo us l'he explicada, expliqueu-la vosaltres. Tant si sou narradors capaços d'encantar amb la vostra veu com simples lectors àvids d'aventures, espero que la Fantasia us acompanyi sempre!

Hem arribat al gran final.
El Bé ha triomfat, del Mal, encara se'n parlarà,
però l'Esperança continuarà vivint
al Regne de la Fantasia
mentre els elfs coratjosos, nans, gnoms,
dracs i totes les criatures lluitin al costat
dels audaços cavallers i de les bones fades.
Altres aventures es viuran en un futur
que no ens és donat de conèixer.
Potser haureu d'empunyar un arc
i córrer per les muralles de la Justícia
per defensar la Llibertat i l'Alegria.
Mentrestant, canteu com Elfs Estelats,
rugiu com dracs lliures,
treballeu com Elfs dels Boscos
i lluiteu com Elfs Negres!
Perquè encara és viu el Regne de la Fantasia
i viu llarg temps ho serà: mentre no renuncieu a lluitar,
el Bé prosperarà i el Mal s'enfonsarà!

Mag Fàbulus, *Cròniques del Regne de la Fantasia*,
conclusió del Llibre Sisè.

Índex

Cròniques del Regne de la Fantasia

Hi va haver un temps llunyà en què
el Regne de la Fantasia estava habitat per molts pobles
que vivien en pau i harmonia.
Per mantenir viva l'amistat entre totes les gents, les fades
van col·locar a cada reialme un Portal,
un passatge per transportar els habitants
per les immenses terres del Regne.
Però les bruixes van intentar aprofitar-se'n,
ordint plans en la foscor.
Ningú no es va adonar del que estava passant,
fins que va ser massa tard i nombrosos reialmes,
entre ells el dels elfs dels Boscos,
van ser sotmesos al Poder Fosc.
Va ser així com va començar la història
del Regne Perdut.
Els elfs dels Boscos, mentre sucumbien
al jou de la Reina Negra,
van aconseguir que Audaç, l'elegit, s'escapés.
Audaç només era un nen
quan va arribar al Regne dels Elfs Estelats,
on va ser acollit per l'astrònom Eridà
i els seus fills, Règulus i Spica.
En el seu quinzè aniversari,
l'any de l'Estrella Refulgent,
va descobrir el misteri que envoltava el Portal
i el reialme del qual provenia.
I va decidir sortir a buscar el seu destí...

1. EL REGNE PERDUT
A l'antiga profecia hi ha escrit: «L'arc, l'oca, el drac i l'espasa venceran un dia la fosca bandada». Aquest dia ha arribat. Ombrívol, un jove elf, és l'escollit per reconquistar el Regne Perdut i retornar la pau al Regne de la Fantasia.

2. LA PORTA ENCANTADA
Ombrívol, acompanyat dels seus amics Règulus, Spica i Robínia i del mag Estel·làrius, afronta els gels de les escarpades Muntanyes Cisell per ajudar el poble dels gnoms a alliberar les seves terres.

3. EL BOSC QUE PARLA
El viatge d'Ombrívol encara és llarg i ple de perills: per derrotar la Reina Negra i salvar el Regne de la Fantasia, haurà de travessar el Bosc que Parla i descobrir el misteri que s'hi amaga...

4. L'ANELL DE LLUM

La missió d'Ombrívol està a punt d'arribar a la fi. Un difícil repte l'espera al Reialme de les Bruixes, on, amb els seus amics, haurà de lluitar contra la Reina Negra i també contra les seves pròpies pors.

5. L'ILLA PETRIFICADA

La Reina de les Bruixes ha estat derrotada i el Regne de la Fantasia s'ha salvat. Però una altra missió espera al jove Ombrívol. Al centre d'un vast oceà, l'antiga Illa dels Cavallers roman petrificada, amb tots els seus habitants. El jove elf haurà de trencar el sortilegi i restaurar el noble orde dels Cavallers de la Rosa.

6. EL SECRET DELS CAVALLERS

Ombrívol i Spica han de trobar l'últim fragment de l'Escut de Pedra per poder alliberar l'Illa del terrible encanteri de Stria. Però per aconseguir-ho hauran de trobar una petita illa oculta, on toparan amb l'últim exemplar de drac blau.

L'AVENTURA CONTINUA AMB...

Els cavallers del Regne de la Fantasia

EL LABERINT DELS SOMNIS

Des de temps antics, una petita illa vaga pels mars del Regne de la Fantasia: l'antic poble dels Somiadors, capaç de fer realitat els propis somnis, es troba atrapat en un son secular. Però el Mal mai no dorm i ara alguna cosa s'està despertant...

Princeses del Regne de la Fantasia

Fa molts i molts anys hi havia el Gran Regne,
un inmens territori als confins del Regne de la Fantasia.
El regne estava governat per un mag malvat,
fins que un cavaller valerós el va vèncer. Hi va prohibir
tota mena de màgia i va dividir el regne en cinc parts
que va confiar a les seves filles:
les Princeses del Regne de la Fantasia.

1. LA PRINCESA DELS GELS

2. LA PRINCESA DELS CORALLS

3. LA PRINCESA DEL DESERT

4. LA PRINCESA DELS BOSCOS

5. LA PRINCESA DE LA FOSCOR

PROVA DE COMPRA
ESTRELLA POLAR
CRÒNIQUES DEL REGNE
DE LA FANTASIA
Núm. 6

ILLA DE LA LLUNA CREIXENT
ENTRADA OCULTA
A LA RUTA DEL DRAC
LLAC
SALAT